Contents

異世界轉生才怪！ 2

Isekai tensei✦✦✦ Sareteneee!

碳酸（タンサン）—著
夕薙—繪
涂紋凰—譯

第3章……魔術篇

五月。札幌市的雪已經完全融化，越來越多人穿著短袖出門。

在這樣溫暖的日子裡，我選擇的穿搭是……灰色的帽T加上黑色牛仔褲，看起來非常樸素。

這就是平時對時尚完全沒有興趣的壞處。我總是不自覺地選擇灰色和黑色的服飾。

先不說這個了——

「到了！這裡就是札幌工廠！」

——這不是我，而是瀧川的叫聲。

今天我們這一組為了下週的「宿營活動」一起來採買。

成員有我、石田、瀧川、班長、相原同學等五個人。

「話說回來，札幌工廠……還是像以前一樣巨大耶！」

「都不知道什麼地方有什麼商品呢。」

班長回應我說的話。

札幌工廠是一個巨大的商業建築，讓人搞不清楚是購物中心還是娛樂設施。

總之這裡占地寬廣，大面積的中庭裡還有庭園。這就是大都會，好厲害……

這裡好像是以前札幌啤酒的「札幌第一工廠」，現在重新開發成商場。因此，裡面有能夠了解啤酒歷史的設施，也能喝啤酒。

等我長大成人之後，一定要來喝喝看。

「蒼司硬要跟來，真是抱歉。人多是不是會很難行動？」

「完全沒問題！燈同學能來我很開心！超好行動的！」

當我在想這些事情的時候，後方傳來歡樂的對話聲。

聲音的來源是燈同學和瀧川。真是罕見的組合。

「哼。」

「嚇！」

不知道是不是因為燈同學和瀧川談笑惹得蒼司不開心，蒼司出聲威嚇瀧川。

「結城同學，不用阻止他們嗎？」

「沒關係沒關係，瀧川很堅強的。」

霞同學一臉不安地問我，但我想大概沒什麼問題。雖然認識不久，不過蒼司不是那種暴力傾向的人。

咦？是說第一次見面的時候，他就揪住我領口呢。算了，那不重要。

為什麼燈同學、蒼司和霞同學都在呢？因為來採買的不只我們這一組，霞同學她們也一起來了。

因此，我們這次採買的成員總共有八個人，陣仗很大。

「啊！結城哥，我來幫你提東西吧！」

「蒼司，真的沒關係。不用這麼客氣。」

刺蝟頭……不對，蒼司威嚇瀧川之後，一直朝我這裡擠過來。

為什麼會變成這樣呢？因為小黑透露我的超能力之後，刺蝟頭不良少年蒼司為了報恩而不斷接近我。

「有什麼需要幫忙請告訴我，千萬不要客氣。」

「不不，真的沒關係。」

因此，蒼司說想參加這次採買，霞同學她們也就跟著來了。

「私底下就不那麼計較了，但在學校可別纏著我喔！」

「我會注意。」

不是注意就好，而是希望你不要來纏著我啊……

順帶一提，他說如果我不叫他「蒼司」他就每天早上都要去我家接我上學，所以現在只能這樣稱呼他了。

「這次就先這樣，差不多該行動了。畢竟週六本來就很多人。」

「對啊，我們趕快走吧！」

雖然我希望蒼司以後也能遵守承諾……不過既然石田和相原同學這樣催促，那我們就趕快進去吧。

穿過巨大的自動門大家一起跨入札幌工廠。

然後——

——現在我一個人坐在女裝店前面的長椅上。

「為什麼會變成這樣……」

嗯，原因很簡單。在逛了幾家店之後，成員就陸續消失了。

蒼司在專為年輕男性設計的外套服飾店前消失，石田則在書店前不見蹤影。接著，瀧川和相原同學有了戶外活動這個共同話題，意氣相投之下一起前往戶外用品店。

因此，我變成和班長、霞同學、燈同學三人一起行動。

三個年紀相仿的女孩子聚在一起，一定會聊到服飾。

『結城同學，抱歉。我們可以去看一下衣服嗎？』

燈同學留下這句話，後來就演變成現在的狀況了。

「好無聊……」

明明說看一下，現在已經過了二十分鐘了。

她們三個人走進的那間服飾店也有賣內衣褲，我要是走進去，別人不知道會怎麼看……想到這一點，就更難走進去了。

好無聊喔……

「啊，對了。」

雖然覺得對班長她們不好意思，但我使用「強化」能力增強神仙爺爺給我的聽力，聽到一些三個人的對話。

既然我都等這麼久了，偷聽一下應該不會被懲罰。應該啦。

「姊姊，這樣很害羞耶……」

「妳在說什麼啊！這件衣服明明超適合妳的……霞！妳的胸部該不會又長大了吧？」

「真的耶！霞同學胸部好大喔！」

「呃……」

我聽到霞同學、燈同學和班長歡樂的對話。

班長和月野家的姊妹應該是第一次相處，但已經很熟了呢。

而且還聊到這麼有趣的內容……雖然覺得心中有愧，但我也是血氣方剛的男生。怎麼可能對這種話題沒興趣。再聽一下好了。

「霞，妳胸圍尺寸多大？現在穿的胸罩應該是E罩杯吧？」

「嗯，對啊。現在也穿一樣的，所以尺寸應該沒有變。」

「少騙人了！妳胸部的膨脹感太不自然了！一定是穿著壓胸的內衣吧！」

「呃……這個……」

「那、那就是說，霞同學有F罩杯？還是更大？好厲害，我每天都認真按摩，也才C罩杯……」

「潤葉啊，有C就已經夠了。我呢，就算仔細調查又實踐按摩、控制飲食和睡眠之類的豐胸秘訣……還是A罩杯啊。霞，該不會是妳奪走了我的養分吧？」

說完，燈似乎伸手揉了霞的胸部。

「好痛！姊、姊姊，不要這麼用力揉啦！」

……我聽到非常不得了的內容。

燈同學A罩杯、班長C罩杯，然後——

「——霞同學有F罩杯……？」

之前我用公主抱的方式抱起她的時候就覺得她很豐滿，沒想到竟然這麼……

我並沒有特別喜歡巨乳，但大到這個程度難免會在意。

聽說女性對視線很敏感，尤其是對看胸部的視線更是如此，我得小心一點。以後都要看著頭頂說話才行。

總之——

「神哪，感謝祢。」

——偶然得知本校國民女友前三名的罩杯，真的令人感謝。

接著我就把「強化」能力解除了。再聽下去就太不好意思了。

「好，那就乖乖地再等一下……」

「閣下相信世界上有神嗎？」

「！！？」

突然出現在旁邊的男子向我搭話。

「閣下相信世界上有神嗎？」

「呃，你是說……神嗎？」

好恐怖！是說，他什麼時候出現的？為什麼用這種口氣說話？我完全沒有感受到任何動靜。

男子穿著黑色帽T和灰色牛仔褲，和我是上下身相反的配色。因為他戴著一頂有帽簷的針織帽，所以看不清臉。

「閣下相信世界上有神嗎？」

這、這傢伙怎麼回事？勸我信教嗎？超恐怖的耶！

「閣下相信世界上有神嗎？」

「呃，這個，我是相信啦……」

因為對方實在太纏人，我不禁回應他的問題。

嗯，我是真的相信啊。而且我真的有遇到。雖然一點也沒有神仙的樣子，只是普通的老人家。

「這樣啊。這是之前說好的東西。」

男子這樣說完後，把裝著某種物品的紙袋放在我身邊。然後靜靜起身離開。

「等等！」

我慌慌張張地想追上，但他已經消失了。

「剛才那是怎麼回事啊？」

突然出現又突然消失，實在太不可思議了。

或許那是「陰陽術」或「特異功能」引起的現象。話雖如此，因為太突然了，我沒能學會。

真是太可惜了。

「話說回來，這又是什麼？」

我看了紙袋的內容物，裡面放著一個像是水壺的東西。

「如果是炸彈的話……那就恐怖了。」

話雖如此，也不能就這樣放著。先用什麼東西封起來比較好。

燈同學、霞同學、班長等三人走出服飾店。

「結城同學，抱歉讓你久等了。為了表示歉意，我可以告訴你霞的胸部尺寸……」

「姊、姊姊！」

我急忙把水壺般的東西塞回紙袋，起身迎接三人。

我一邊聽著女生們閒聊，一邊想著該怎麼處理紙袋裡的東西，結果班長目光捕捉到我手裡的紙袋。

「咦？結城同學也去買了東西啊？」

「咦，嗯。對啊。」

被班長這麼一問，我瞬間說出謊話。而且還是看著班長的頭頂說。

沒辦法，只好帶回家了。

就剛才的狀況來說，這可能是具有某種特殊能力的危險物品，所以我不打算交給失物協尋中心或警局。

「『三重結界』。」

我在紙袋裡設下小小的「結界」，嚴密包覆水壺。

萬一有什麼危險，這樣應該可以擋一下。

「……」

「潤葉，妳怎麼了？」

「……嗯，沒什麼。應該是我想太多了。」

走在前面的班長，一臉驚訝地回過頭。面對燈同學的疑問，她回答「應該是想太多」，就表示沒有發現我設下結界才對。

我希望是這樣。

今後還是要注意使用「陰陽術」的時機。

「喔，幸助在這裡啊……是說你憑什麼在這裡開後宮啊！」

「結城同學，原來你在這裡！」

在這樣的狀況下，以瀧川和蒼司為首，分散的成員再度集結。

雖然還是很在意剛才用忍者腔調說話的可疑男子，以及謎樣的水壺物體，但現在還是先享受大家一起採買的時光吧。

採買完之後，我們在札幌工廠後面的名店吃了冰淇淋。除了發生那件難以理解的事情之外，這天非常愉快地結束了。

我在後院翻弄著「三重結界」，不經意地說出：

「昨天的冰淇淋真的很好吃呢……」

「哼！」

聽到我喃喃自語，鈴開始鬧脾氣。

「嘎……」

「冰淇淋啊……」

小白和小黑也表達不滿。

「知道了、知道了啦，我會好好補償你們。下次大家一起出去玩吧！」

聽到我的回答，鈴、小白、小黑都很高興。

白髮女童加上白烏鴉和黑貓。這些成員看起來有點顯眼，但總會有辦法的。

現在正逢黃金週，大家一起去賞花也不錯。

「那就先這樣，準備這些東西就夠了嗎？」

「沒問題。如果有這麼強力的『結界』，即便發生什麼萬一，也不會影響到鄰居。」

根據尼爾的分析，看樣子是沒問題，那就開始拆解上次那個不明物體，好好調查吧。

我現在用「三重結界」把那個像水壺的東西包得密不透風，放置在後院。

「三重結界」裡不只有水壺，還有按照我動用「玩具」特異功能驅動的小型木製人偶。

如果認真做，就會變成像尼爾這樣的存在，但只要適當地放鬆，就會打造出只能聽命行事的人偶。

「好，木製人偶，把這個像水壺一樣的東西打開。」

「……」

聽到我的命令後，木製人偶開始打開水壺。

結構看樣子並沒有上鎖，只要移除金屬零件就輕鬆打開。

「好，打開了。接下來慎重地把內容物取出來。」

木製人偶把小小的手臂伸進水壺裡，慎重地取出內容物。

木製人偶拿出來的是個像小孩拳頭般大、貌似種子的東西。

「小黑！尼爾！」

「交給我吧！」

「請交給我！」

小黑和尼爾隔著結界觀察從水壺中取出的種子般的東西。

「老身覺得這東西不具危險性。」

「我分析後也沒有感受到危險性。」

原來如此。如果小黑和尼爾都覺得沒有危險，那就真的沒問題了吧。

「那我就解除結界囉。」

我解除「三重結界」，拿起那顆像種子的東西。

「很像大一點的胡桃呢。嗯？」

身體彷彿被吸走什麼似地，有種難以言喻的奇妙感覺，那一瞬間種子漸漸發出光芒。

「咦，為什麼？」

種子散發出紅、藍、黃、綠、褐、黑、白等七彩光芒，變得越來越亮。體力好像隨著光芒越來越亮而減弱。

「放開那顆種子！」

「主人的能量可能被種子吸收了！」

「什麼？」

不是說沒有危險嗎？

看到小黑和尼爾慌慌張張的樣子，本來在旁邊看的小白和鈴也變得很焦躁。

就在這時候我急忙丟掉手中的種子。

「喔，光芒減弱了……？」

就在丟掉種子、光芒減弱後放心的瞬間——

「又遲到了！」

——那顆種子裂開，一個手掌大小的女孩出現並且喊著謎樣的話。

✦
✦
✦

「你說弄錯收件人了？」

札幌車站南出口旁的高級飯店房內，上衣領口開到乳溝的女子正在怒斥擁有紅褐色飄逸長髮並且帶著針織帽的男子。

女子名為「艾歐」。

她是一名魔術師，隸屬以英國為據點的魔術組織「黃昏黎明協會」。

「對方和收件人穿著特徵相同，而且也說出『神哪，感謝祢』的交易暗號。而且在第四次詢問『閣下相信世界上有神嗎？』的時候，也回答肯定的答案。他滿足所有條件，所以才會弄錯。」

針對艾歐的怒斥，身穿黑色帽T和灰色牛仔褲的男子這樣回答。因為他戴著一頂有帽簷的針織帽，所以看到臉上的表情。

他名叫「克洛姆」。

和艾歐一樣都是隸屬「黃昏黎明協會」的魔術師。

「你說對方和收件人打扮相同，也知道暗號？」

艾歐對克洛姆的回答感到驚訝。

如果這件事是真的，那就表示「妖精種子」的交易資訊已經外洩。

「馬上把那個在鎮上閒晃的『費姆』叫回來！雖然不知道是哪個組織，但我們一定要把『妖精種子』奪回來！」

「知、知道了！」

克洛姆震懾於艾歐的沖天怒氣，立刻飛奔到鎮上尋找「費姆」。

「能夠產生和接觸者相同屬性妖精的種子……『妖精種子』。」

獨留於飯店房內的艾歐低聲喃喃自語。

如她所說，「妖精種子」是一顆種子，能夠產生和接觸者屬性相合的妖精。

精靈術有很多優點，但另一方面也有幾個缺點。

其中之一就是「無法和自己屬性不合的妖精或精靈立下契約」這個條件。

這個條件看似簡單，但實際執行非常困難。

即便是比精靈還要低一等的妖精，也很難找到屬性相同的。

另外，即便找到屬性相同的妖精，也會因為妖精情緒反覆無常而無法締結契約。

因此，不少術師想成為精靈術師，卻一輩子都找不到屬性吻合的妖精或精靈。

「妖精種子」可以輕鬆解決這個問題。簡直就是足以稱為魔法道具的商品。

「我們的使命就是弒神……完成對神的復仇。」

艾歐用力握緊拳頭，低聲地喃喃自語。

「為了成功弒神，一定要靠『妖精種子』培育出強大的精靈術師。無論如何一定要找出奪取種子的傢伙。」

艾歐下定決心，對外面飛翔的鴿子使出自己的魔術能力。

✦
✦
✦

「雖然不是當季的，但還是非常美味！好吃！」

現在，我眼前有個旁若無人地坐在桌上、背後還有彩虹色翅膀的女孩。

她頂著一頭金髮，髮尾七彩奪目，專心把袋裝的切片蘋果往嘴裡塞。

「呼——吃飽了～」

吃完和自己體積差不多的蘋果後，女孩直接躺在桌上。

她的食量明顯和腹部膨脹的程度不合。太奇幻了。

「那我就先睡了～」

「等一下等一下。」

我用手指戳戳打算直接睡在桌上的女孩，要她起來。

真的好小，只有我的手掌大。

「什麼事？」

「什麼事？不對吧。妳到底是誰？睡覺前先回答最低限度的問題吧！」

這傢伙從種子中現身後，連名字都沒說就一直吵著「肚子餓、肚子餓」，導致我根本沒辦法問問題。因此，我只好把今晚原本要當作點心的切片蘋果給她吃了。

至少要讓她在睡前坦承自己的真面目。

「你問我是誰，我也不知道啊。我只知道你是我的主人。」

「主人？」

謎團又增加了……

「這傢伙大概是妖精之類的東西。我以前聽說過，有種子能夠生出妖精。現在想起來，剛才那顆應該就是能生出妖精的種子了。」

小黑這樣告訴我。

手掌大小加上彩虹翅膀，身穿彷彿用葉子縫合起來的洋裝。的確是妖精的樣子。就像彼得潘裡的小仙子一樣。

「對對！妖精！我應該就是妖精！」

女孩呈大字形躺著，一臉志得意滿的樣子指著小黑這樣大叫。

我收回剛才說的話。她不是彼得潘裡的小仙子，而是放假中的歐吉桑。

「而且，我是來跟隨你的妖精！請多指教啦，主人！」

看著這個躺著抓屁股又一臉得意的妖精，我開始思考。

妖精，應該可以丟在森林裡吧？

✦✦✦

札幌的圓山公園人山人海。

北海道的賞櫻季節因為和五月的黃金週重疊，所以這個時期的圓山公園非常熱鬧。

圓山公園的一隅，有兩名少女一臉嚴肅地正在對話。

「潤奈，謝謝妳特地過來幫忙！」

「不必客氣。既然是好友請託，我當然要幫忙。」

對同行友人致上謝意的是金髮少女「阿烏爾」。

她從英國來日本就讀國中，是個留學生。

和阿烏爾說話的黑髮少女名為「水上潤奈」。

她是水上潤葉的妹妹，也是水上家唯一一名精靈術師。

「妳是說，只要找出從妳們『黃昏黎明協會』偷走的『妖精種子』和犯人就好對吧？」

「沒錯。『格蘭』和『桑德』已經幫我找過，犯人一定在這裡！」

阿烏爾這麼說完，頭上便出現兩顆光球。

發出茶色光芒的是土之妖精「格蘭」。

發出黃色光芒的則是雷之妖精「桑德」。兩隻都是聽命於精靈術師阿烏爾的妖精。

「這麼說來，表示格蘭和桑德還記得『妖精種子』的氣息對吧。」

「是啊。因為他們經常在保存『妖精種子』的教堂玩，所以還記得。」

「妖精種子」釋放的特殊氣息，只有妖精們能感覺得到。因此，阿烏爾是透過自己的妖精確定偷走「妖精種子」的犯人就在這裡。

「只要靠近『妖精種子』，我的『蒂妮』應該也能感受到異樣。為了提高效率，我們分頭找吧！」

「我知道了！真的很謝謝妳。」

「不必客氣。那我們就趕快來找犯人吧！」

「嗯，好！」

兩名少女聊完之後，便為了尋找偷走「妖精種子」的犯人，悄悄消失在人群之中。

✦ ✦ ✦

「我的可麗餅！」

「哇啊啊啊啊！」

「呀啊！快來人，拿水過來！」

被烏鴉搶走可麗餅的觀光客、跳著舞的年輕人、雖然冒出宛如火災般煙霧仍然很享受烤肉的老頭們……

這是我第一次來，不過圓山公園的賞櫻狀況還真是一片混沌。

「有點可怕，趕快前進吧！」

我在這片混沌中朝著神社方向前進，途中會經過進入攤販區和櫻花盛開的賞櫻區。

雖然有很多烏鴉飛來飛去試圖搶奪食物，不過櫻花還真美。

「哎呀，完全盛開了呢。」

今年櫻花的盛開日剛好和黃金週完美重疊。

「鈴啊，妳也要好好賞花啊。」

「好！炸薯條！可麗餅！章魚燒！」

很遺憾，走在身邊的鈴，眼中似乎沒有櫻花。反而死死盯著攤販的食物。

『嘎——嘎。』

『喔，小白也想吃馬鈴薯餅啊。老身想吃吃看烤串。」

『啊！那一攤的抽獎遊戲有PS遊戲機的最新機種！』

我腦中傳來小白、小黑和尼爾歡樂的談話聲。

今天來賞花的不只我一個人。

有我、小黑、小白、鈴、尼爾，還有——

『哇！好厲害喔！人好多喔！我想吃蜜糖蘋果！』

——還有吵死人的金髮妖精，總共六名成員。

有這麼多人，很難低調行動。

鈴又長又白的頭髮很受人矚目，所以我讓她戴上帽子，牽著她的手一起走。

小白在高處的上空盤旋待命，小黑則是藏在我肩上的環保袋，尼爾則是在胸前的口袋裡。

『包包裡面有點悶啊。』

『抱歉，你忍耐一下。這麼多人，很難一起走啊。』

『嗯，這也是沒辦法的事。』

『待在頭上很舒適喔！』

妖精插入我和小黑的對話。

說到妖精，她抓著我的頭髮騎在頭上。因為一般人看不見妖精，所以就讓她待在這了。

『話說回來，原來靈力繩也可以這樣使用啊。還真方便。』

因為靈力繩的效果，讓我們可以在人潮之中對話。

有肉眼看不見的靈力繩連結，不必說話我們也能交談。

現在是以我為中繼點連接靈力繩到所有成員身上，所以即便人潮洶湧也能對話。這個功能真是太令人感激了。

『如果是等級比你低的，還能用靈力繩將對方綁起來喔！』

『原來還有這種功用。那就是說，也可以舉起物品囉？』

『輕巧的東西應該可以吧。除此之外，還有更高級的技巧，譬如用靈力繩連結他人的式神奪走操縱權。』

『好厲害喔，原來靈力繩也可以這樣應用。』什麼！可以奪走操縱權，不就表示小白和鈴有可能被別人操縱？

這樣我會很困擾。被鈴的超能量斬擊攻擊的話，沒有「替身符」肯定撐不下去。

是說，就算小白和鈴變成敵人，我也沒辦法攻擊他們。

『放心吧。不會有這種事發生。奪取操縱權只是理論上可行的高級技術。我從未見過有術者用過這招。而且，小白和鈴已經有自我意識。如果是沒有自我意識的式神也就罷了，外人應該沒有辦法操縱已經擁有意識的他們。』

『是、是這樣啊。你別嚇我啊……』

真的嚇了我一大跳。

好，重振精神好好來賞花吧。

『我再說一次，零用錢每人只有五百圓。要好好思考買什麼喔。』

這次出門每個人的開銷最多五百圓。

以攤販的價格來說，五百圓是馬上就會用光的金額。不過，再多的話就太吃緊了。

包含我在內總共有六個人，光是這樣就要花三千圓了。高中生的口袋沒那麼深啊。

『吃一支蜜糖蘋果和一支烤雞肉串就沒了啊——也可以改選一支蜜糖草莓，剩下拿去買炸薯條呢。』

『我要買！薯條！』

『啊，也可以共享呢！如果小鈴分我一點薯條，我也可以分一點蜜糖蘋果給妳！』

大家似乎各有想法並且開始交換條件。

『蜜糖蘋果！』

妖精一邊撥弄我的頭髮，一邊和鈴一起思考五百圓的使用方法。

「她才一天就已經和大家變熟了呢。」

「小黑不喜歡嗎？」

面對小黑的喃喃自語，我低聲回應。

妖精正在和鈴她們說話，看樣子沒有注意到我們的對話。

「不會不喜歡。我反而覺得變熱鬧沒什麼不好。」

「哈哈，我也這麼覺得。」

昨天想到要把剛誕生的妖精送到森林，但我終究做不到。

一方面是因為同情，另一方面是假設真的把她丟在森林，這可不是遺棄動物這種程度的事。妖精誕生的瞬間就已經和我呈現特殊的締結契約狀態，據說無論相隔多遠都會自然而然相會。

當然，小黑和大家都能接受妖精，所以妖精也就順利地和我們成為了一家人了。

雖然成員越來越多，不過到這個時候多一個人也沒關係了。

「那我們就先去可麗餅的攤子吧……啊，抱歉。」

我重振精神打算正式開始逛攤販的瞬間，撞上了一名金髮少女。

她是外國人吧？臉蛋就像人偶一樣可愛。

「不，我才要抱歉……？」

她看到我的瞬間，臉上充滿驚訝的表情。與其說是看著我，不如說是看著頭上……糟了！

『妖精！』

『好！我還是決定吃蜜糖蘋果……？主人，怎麼了？』

『快點消失！這個女孩可能看得見妳！』

一般來說，人是看不見妖精的。

不過，少數擁有感應能力等特殊才能的人也能看得到。

眼前這個女孩子應該就是擁有這種才能的人吧。

『啊，真的。她一直盯著我看。我知道了，那我就先消失一下。』

妖精說完之後化為靈體，完全消失了。據說靈體化之後，平常可以看見的人也會看不見妖精。

不知道是不是因為妖精突然消失，女孩目瞪口呆。

「怎、怎麼了嗎？」

「那、那個……剛才的……」

「剛才的？妳在說什麼？」

「不、沒事。沒什麼！」

這樣應該瞞過她了……吧？

希望她能認為剛才那是幻影。

「那我就先走了。」

如果等一下被追問就麻煩了，所以我很快就離開現場。

✦ ✦ ✦

「他頭上的妖精……擁有足以與五大精靈匹敵的氣魄……剛才那到底是……？」

在穿越人群後的櫻花樹下，阿烏爾一邊擦汗一邊喃喃自語。

回想剛才看到的光景，再度渾身顫抖。

「能夠以人形現身，表示那是屬於最高等級妖精的精靈。不過，格蘭和桑德都說剛才的精靈身上有『妖精種子』的氣息……」

「妖精種子」是能夠誕生「妖精」的種子，「妖精」必須經歷漫長歲月並累積龐大魔力才能昇華成「精靈」。

因此，剛才阿烏爾看到的精靈不可能是從「妖精種子」誕生的。

然而，妖精們卻說從剛才的精靈身上可以感受到和「妖精種子」一模一樣的氣息。

兩者間的矛盾讓阿烏爾傷透腦筋。

「總之，必須注意剛才那個人。」

就算他不是偷盜「妖精種子」的犯人，能夠被強大精靈看上的，絕非泛泛之輩。當然，目前還無法斷定他知不知道自己被妖精看上。

阿烏爾邊想邊從口袋拿出一撮砂金。

「『召喚使魔』。」

阿烏爾低語之後，砂金就變成一隻小金龜。

「飛去剛才那個人身邊。」

阿烏爾命令之後，小金龜就飛往剛才那名少年的方向。

「得趕快和潤奈會合才行。」

消失在人潮中的小金龜，和術師阿烏爾之間用魔力繩相連。

阿烏爾一邊透過魔力繩確認小金龜看到的東西，一邊動身和潤奈會合。

✦ ✦ ✦

黃金週結束，又回到平時的日常生活。

雖然很懶惰，但今天還是得去學校。

「啊～好想睡──」

「啊～好想睡覺──」

因為我打了哈欠，頭上的妖精也跟著打哈欠……妖精？

「為什麼妳理所當然地在這裡啊？」

「不知道為什麼，在主人的頭上特別舒服啊。所以我就跟著來了。」

真的假的，因為太自然了，我根本沒有注意到。

現在回家一趟也來不及了，只能這樣帶她去學校了……

「學校可能會有像之前那樣看得見妳的人，絕對不能現形喔！」

「沒問題、沒問題！我不會再犯這種錯了！」

雖然可信度很低……也罷。應該也沒有人看得見她。

「話說，尼爾還在抓那隻蟲嗎？」

「是，這隻蟲非常有趣。外觀非常精巧，除此之外其他部分也很有趣。」

「這、這樣啊。你要是看夠了，就放了吧。」

雖然不知道為什麼，不過尼爾非常喜歡昨天賞花回家路上抓到的金色金龜子。不過，尼爾對大自然的生物有興趣還真是稀奇。應該是很特殊的品種吧？

尼爾現在化為機器人形態，在書包裡和金龜子玩。

嗯，反正金龜子精神也很好，再放任一段時間應該也沒問題。

「好，來換室內鞋……？」

正當我想著這些事的時候，突然發生這樣的情形。

為了換室內鞋打開鞋櫃的時候，裡面放著一封信。

「這、這是……」

我戰戰兢兢打開信件，上面以笨拙可愛的筆跡寫著簡潔的文字。

『放學後，我在札幌電視塔前等你。請你來一趟。』

「這、這是！」

我急忙確認鞋櫃內。

「沒有錯。這是主人的鞋櫃。」

如尼爾所說，這的確是我的鞋櫃。沒有錯。

也就是說，這該不會是……

「主人還真厲害！這不就是所謂的情書嗎？」

我靜靜點頭附和妖精說的話。

看樣子，我的春天也來了。

✦
✦
✦

放學後。充滿霧氣的公園裡，有兩名少女的身影。

「真的很抱歉。我已經和姊姊、爸爸說過了，但不知道為什麼他們不願意幫忙……」

「真的沒關係。潤奈願意幫我，我就有信心了！」

道歉的黑髮少女是水上潤奈。回話的金髮少女是她的好友阿烏爾。

「阿烏爾，我必須維持結界，所以無法全力開戰。對方能甩開阿烏爾偵查用的使魔金龜子，一定技巧高超。很有可能會開戰，妳一定要小心。」

「沒問題，我不會逞強。而且我身邊還有他們在啊。」

阿烏爾邊說邊看著在頭上飛來飛去的兩個光球。

「說得也是，是我想太多了。不論對方多厲害，都不可能傷得到阿烏爾。」

潤奈對阿烏爾的自信表示認同。

和阿烏爾同為精靈術師，兩人又是好友，潤奈比誰都清楚她的實力。

「人好像已經來了。」

「總之先好好溝通吧。」

兩人說完時，一起望向悠然走在霧中的一名少年。

✦✦✦

放學後。我內心充滿期待，前往電視塔。

腦中閃過班長和霞同學的身影，心裡總覺得有點愧疚。但是，仔細想想她們根本不可能看上我。只能說是我自己想太多。

「也就是說，該不會是我很在意她們……所以才會心裡發慌……」

不過，喜歡這麼高水準的兩位同學，就現實狀況來說……太過追求夢想，只會讓青春白費啊。

「啊……」

來到指定的電視塔前我才發現。我犯了嚴重的錯誤。

「不知道寄信人是誰……」

都怪我太興奮了。為什麼直到剛才都沒注意到這一點……

「畢竟信上沒有寫寄件人啊——話說，主人直接穿制服不是比較好嗎？」

「妳、妳說得沒錯。」

妖精說得沒錯。

我剛才先回家換下制服，但或許直接穿制服會比較好認。這一點也失敗了。

真的能見到這個寄信給我的女孩嗎……我覺得有點不安。

「但是現在回去一趟很花時間，就先這樣吧。」

只好祈禱寫信的人能認出穿著便服的我。

「找到了！」

「我找到了！」

「咦？」

當我正在想著這些事的時候，人群中衝出兩名少女。

其中一個女孩紮著短馬尾……啊！是班長的妹妹潤奈啊！

我認識她，但她不認識我。畢竟我們在陰陽術決鬥中曾一起戰鬥，不過當時我戴上能阻礙他人辨識的面具，所以她不認得我。或許曾經聽過班長提起我。

另外一名金髮少女是……嗯？好像在哪裡見過……

啊，對了！是昨天在賞花的地方撞到的女孩子！

「我不會再讓你逃走了！」

「乖乖束手就擒吧！」

「咦？為什麼？」

怎麼回事？叫我出來的人是她，我本來就沒打算逃啊……話說回來，這不是告白嗎？我的春天到哪裡去了？

「『霧幻結界』！」

「結界？」

班長的妹妹完全無視我的狀況，擅自設下充滿霧氣的結界。原本在電視塔附近的觀光客和行人，自然而然地走出結界。

原來如此啊，這似乎是個可以把人趕走而且又能阻礙外面的人辨識內部情況的結界。

「得趕快學起來。」

我能學會他人的術法。

當下學會派得上用場的術式，之後會比較輕鬆。

話說回來，這到底是怎麼回事？我只是因為那封信被叫來這裡，還被人家說我試圖逃走，不由分說就被結界包圍……完全搞不清楚狀況啊。

「主人！」

「咦？好危險！」

因為妖精的提醒我馬上避開，剛才我站立的地面已經被水槍刺穿。

「躲開了，反應比剛才更好了。」

「潤奈……妳不覺得那個人和剛才的感覺不太一樣嗎？而且他也沒有穿制服……」

「阿烏爾，妳在說什麼？我們差點被那傢伙殺死耶。不能掉以輕心。」

「說、說得也是。對不起。」

「總之，現在先打倒那個人吧。之後再聽他解釋就好。」

「好！桑德，『曝光射擊』！格蘭，『飛碟射擊』！」

正當我在想她們兩人在說些什麼的時候，金髮少女拋出雷電散彈和岩石形成的碟狀刀刃。

「突然冒出這麼強大的攻擊……」

無數散彈與刀刃的大範圍攻擊，令人根本無處躲避。

正常來說啦。

「『強化』！」

我強化思考速度和肌肉，躲避高速襲來的雷電散彈和岩石刀刃。

「他沒有防禦，而是躲開？」

「這、這種做法還是第一次看到！」

兩人都很驚訝。

啊哈哈哈哈！只要不被擊中就沒事了。我使用「強化」的熟練度每天都有成長！

特異功能和術式只要經過「強化」，威力就會太強導致無法控制，不過強化身體能力就沒有這個限制了。如果只是強化身體，我就能控制到幾乎完美！

「雖然身體能力很厲害，但這個你就躲不掉了。蒂妮，『騎士槍』！」

我為了躲避而向上彈跳後，班長的妹妹就朝我著地的位置釋放水槍。的確瞄得很準。

但是，她太天真了！

「『散炎彈』！」

就算是在空中，從腳底釋放火焰的散彈就能躲避！雖然鞋子和襪子都會報廢，但能解決燃眉之急——

「——嗯？好痛！」

我寫在腳上的術式完全沒有反應，只能普通地落地然後被水槍擊中。

因為『強化』能力傷害減到擦傷程度，況且還有代替人承受損傷的「替身符」，所以我身上沒有傷痕。

不過——

「——為什麼『散炎彈』沒有發動？」

「強化」和「替身符」都能使用。但「散炎彈」毫無回應。

「就是現在！桑德、格蘭，『爆破』！」

「可惡！」

連思考的時間都不給啊！既然如此！

「『三重結界』！」

用結界來抵擋攻過來的雷電和岩石槍……連結界也無法發動？

「可惡，『玩具』！」

在被槍直擊之前，我以地面為媒介製作了幾個土製人偶幫我擋掉攻擊。上膛的槍一陣掃射，把地上的人偶全都轟走了。不過我自己沒有受傷。

「不能發動『術式』，但『特異功能』卻可以順利使用。這到底是為什麼？……」

『發動術式時，我能清楚感覺到主人身上的靈力。所以我想應該不是有無靈力的問題，而是流程有問題。』

尼爾這樣分析，但釋放靈力的流程哪裡有問題呢？我就像平常那樣在使用的啊？……

『啊，那可能是因為我的關係！好像從剛才開始就一直感覺到主人的靈力流向我～不過我也沒辦法改變什麼，只好全部吸收了。呵呵！』

「呵什麼呵啦！」

「哇啊！」

我這樣一叫，妖精嚇了一跳解除靈體化現身了。

「妖精，要怎麼做才能像之前一樣使用術式？」

「嗯～應該只要正式和我締結契約就能使用了喔。」

「契約？」

「嗯。因為我現在和主人之間，算是玩票性質的關係。」

喂，能不能好好說話……

「所以我想只要正式締結契約你就能使用術式了。」

「要怎樣才能正式締結契約？」

「應該是名字吧。我想你只要幫我取個名字就可以了。你一直叫我妖精，很沒意思耶。」

「名字啊……」

小黑那時候好像也是這種感覺。在妖怪和妖精的世界裡，應該是靠命名締結主從契約的吧。

「好，那我就幫妳取個名字。」

「真的嗎？」

「嗯，其實我有想過了。」

因為之前已經幫小黑他們取過名字，所以無意間我也想好了妖精的名字。習慣真是可怕。

「快點快點！名字名字！」

她還真是興奮。真的是吵死了。那就趕快告訴她好了。

「妳的名字是『烏魯』」。」

「烏魯！哇──很好聽！有什麼意義嗎？還是由來什麼的？」

「啊，對。有喔。」

不知道是不是太興奮，她在我的臉附近快速飛來飛去。翅膀擦過我的臉，好痛。而且好吵。

「這個名字類似豐收之神和執掌過去的女神。除此之外ultimate（終極）的前兩個字，日文發音就是『烏魯』……總之，有很多由來。」

「喔喔！好厲害！不愧是主人耶！」

看樣子她很喜歡。太好了太好……？

「耶嘿──！」

「咦？等等！烏魯！」

不知道是不是因為命名的關係，烏魯突然發出七彩光芒……然後又像什麼都沒發生一樣變暗。

「發、發生什麼事？」

「啊，抱歉嚇到你！沒事，剛才那是契約締結完成的信號！」

嚇我一跳，還以為要爆炸了。

「比起這個，主人應該已經能夠使用『術式』了喔！」

「喔，真的嗎？那太好了。」

目前學習到的技能中，陰陽術的「散炎彈」特別好用。如果關鍵時刻不能發動，那就有點令人不安了。

「呵呵呵！我要讓你看看終極妖精烏魯的力量！」

「妳也打算參戰啊？」

不過，她能飛這麼快，應該不會妨礙到我。如果太危險，就把她封印在結界裡好了。

「終極妖精烏魯！呵呵呵。」

看樣子她真的很喜歡「烏魯」這個名字……我心裡湧現一股強烈的罪惡感。

嗯，不過她的確很吵，這樣取名也沒錯。＊

「主人，怎麼了？」

「不，沒什麼。」

這我實在說不出口。名字的由來還有另一個單字……

✦ ✦ ✦

「阿烏爾……」

「我知道，對方魄力驚人！」

伴隨著「呵什麼呵」這句話出現的精靈充滿壓倒性的魄力，導致潤奈和阿烏爾一時僵住。

在兩人頭上的妖精們也受到影響，焦躁地飛來飛去。

「他們好像在談些什麼。」

「雖然不知道在談什麼，但現在有機可乘……？」

「什麼？」

之後，精靈散發出七彩光芒，令兩人倒吸一口氣。

＊烏魯原文為ウル（URU），是うるさい（URUSAI，很吵、囉嗦）的前兩個音節。

「阿烏爾！」

「我在！不知不覺就看得著迷了，真是失策！」

雖然阿烏爾說自己看敵人看到入迷，但潤奈並沒有斥責她。

因為她自己也看得入迷，甚至覺得感動。

「現在因為精靈釋放靈氣，使得結界內變得不穩定。必須盡快解決，否則結界就要解除了。」

「我、我知道。我會好好戰鬥！」

阿烏爾因為潤奈的話重振精神。但同時又在內心深處感覺到疑惑。

（的確很奇怪。剛才在公園戰鬥時，完全沒有感覺到他身邊有這麼強大的精靈。比起這個，氛圍也不太對……有種和在賞櫻會場見面時的感覺。）

這和剛才把人約到公園又突然攻擊的感覺明顯不同。

雖然覺得疑惑，但阿烏爾仍將魔力傳給妖精以便發動下一個魔術。

✦ ✦ ✦

「耶！如此一來主人也能使用術式了！應該啦！」

「竟然是『應該』！」

我一邊吐槽烏魯不知道是裝傻還是真心的台詞，一邊光著腳釋放極微小的「散炎彈」。

「哇！」

雖然可以發動術式，但有點彈離地面。

原本想控制在仙女棒左右的強度……應該是調節錯誤。

「主人，來了喔！」

「咦？」

在烏魯的提醒下，我望向前方，雷電散彈和水刀以驚人的氣勢襲擊而來。

糟了！

「三、『三重結界』！」

三層疊合的透明光牆，承受了所有攻擊……但是……

「主人的結界好漂亮！好厲害喔！」

「啊，是、是啊！」

的確是很漂亮，但問題不是這個。

結界比平常更亮，而且每一層都變得更厚了。

「烏魯，妳動了什麼手腳？」

「咦？我什麼都沒做啊。主人使用『術式』的時候，我有感受到身體流過靈力，就這樣而已──」

不不不，問題絕對出在這裡！

雖然不知道原理，但透過烏魯發動「術式」威力似乎更大。

如果按照過去的感覺全力發動「散炎彈」，大通公園應該會變得一團糟。

「那該怎麼辦呢……『三重結界』！」

「主人，防禦得好啊！」

她們兩人的攻擊雖多，但威力都不算大。只要使用變厚的「三重結界」就能遊刃有餘地防禦……嗯？仔細一看，還多了薄薄的第四層結界，不凝神觀察還看不出來。

「這樣就變成『四重結界』了。」

現在可不是開這種玩笑的時候。

認真觀察第四層結界，發現傳來不容小覷的氣息。有點恐怖，或許不要再用「三重結界」會比較好。

「總之，必須問她們到底為什麼要襲擊我。不然我實在無法接受。」

烏魯加壓過的術式都太危險了，但如果想要對話就必須靠近對方。

既然如此──

「──『強化』！」

只能強化思考速度和肌力，一邊躲避無數的攻擊一邊接近那兩個人。

「我、我不會讓你靠近！桑德、格蘭，『曝光射擊』！」

「蒂妮，『射擊』！」

「哇！」

視線內充滿雷電、石頭、水形成的散彈。

本來想用「三重結界」……但不知不覺間已經變成「四重結界」，要是啟動不知道會發生什麼事。因此，這個時候──

「──大通公園對不起！『玩具』！」

我以大通公園的石板為素材，製作了多個人偶，然後把人偶當作盾牌朝兩人突擊。

雖然剝除了公園一部分的石板，但本來這裡就因為那兩個人的魔術千瘡百孔，就睜一隻眼閉一隻眼吧。

「大量攻擊無法擊倒對方！」

班長的妹妹不甘心地發動水之散彈。

她似乎因為石板人偶支撐得比想像中還久而陷入苦戰。我要趁這個空隙接近她們！

「沒辦法了……潤奈，拜託妳爭取時間。」

「妳要發動那個了對吧。蒂妮，『水之牆』！」

班長的妹妹這樣喊完後，眼前出現一片巨大激流形成的牆壁。

「哇，還真是銅牆鐵壁。」

石板人偶前進的威力不足，無法衝破激流之牆。

「再這樣下去不行。不知道用一般的『強化』能不能衝破這道牆，但也不能發動『術式』……雖然有點痛，但也只能用那招了。」

我使用「強化」能力強化肌肉與骨骼。接著——

「——再度『強化』！」

我對右手臂的肌肉與骨骼施以二次「強化」。

「痛痛痛痛——」

右手臂的神經被「強化」到極限的肌肉與骨骼包夾，因此發出悲鳴。

這是很令人懷念的痛覺，類似轉大人時的痛楚。

「哎呀，現在可不是感慨的時候。」

雖然強化帶來痛楚，但現在沒時間抱怨。我大動作揮動強化過的拳頭，一鼓作氣擊向厚厚的激流之牆。

「『男女平等拳．破』！」

強烈的爆裂聲響起，衝擊波劈開激流之牆。

「什麼！一拳就劈開我的『水之牆』？」

「沒錯！」

「男女平等拳．破」是我近身攻擊中最具威力的技巧。

現在只強化了右手臂，如果是強化全身，應該能在地面打出一個巨大的撞擊坑。

不過這必須在對方有機可乘並犧牲右手臂的情況下施展，所以兩大前提是有時間蓄力而且身上貼著「替身符」。另外，強化後的部位會持續疼痛一段時間。

「『三重結界』有隔音效果，不枉費我在後院練習啊……」

因為被特異功能者襲擊，所以我學到教訓。想安穩生活，就必須做好準備！

因此，我除了「男女平等拳．破」之外還開發了幾個特技，不過那不重要。

比起這個——

「我不打算繼續打下去。妳們解釋一下為什麼突然襲擊吧。」

——了解現在的狀況更重要。

「突然襲擊你？這是我們要說的話吧！」

咦？

「在我們的鞋櫃裡留下信件說『如果想拿回妖精種子，就到我指定的公園來』，叫我們出來的人不是你嗎？然後還突然攻擊我們。快點把你偷走的『妖精種子』還來！」

「信？『妖精種子』？」

我無法理解這個狀況。

被叫出來的人明明是我，而且我也沒有偷過這種東西。

「等等，我不懂。我也是被鞋櫃裡的信約來的。我也沒有偷『妖精種子』，根本不知道那是什麼！」

「但是你剛才在公園不是襲擊我們嗎？我們差點就被殺死了！」

剛才……剛才我一直在這裡啊，到底怎麼回事？

「……潤奈，謝謝妳幫我爭取時間。我總算唸完了。」

就在這個時候，躲在班長妹妹背後的金髮少女說了一句令人緊張的話。

唸……完了？

「雖然不知道你是何方神聖，但請乖乖束手就縛。『無上・黃金巨兵』！」

金髮少女喊完後，出現高約五公尺的黃金巨人。

巨人手上沒有武器，只是一副穿著鎧甲的骸骨，但氣勢驚人。

「哇——糟糕了！看起來很強！」

「的確，有點糟啊……什麼？」

一瞬間，圍繞在我周圍的人偶們便化成灰燼。

望向黃金巨人的拳頭，發現上面沾到一些石板人偶的碎片。好像是那個巨人幹的。他的動作和外表相反，速度非比尋常。

「太、太快了。主人，你有看到剛才那拳嗎？」

「嗯，看到了。但是不知道能不能應付。」

雖然能看得到對方的動作，也不算完全無法閃避，但光靠石板人偶和強化能力不知道有沒有辦法和巨人對抗。再加上不能動用術式，怎麼辦……

「我希望你能束手就擒。只要你配合，我們就不會再出招了。」

「束手就擒啊……」

即便她這樣說，我也不記得我做過什麼該束手就擒的事啊。再說，完全不聽我解釋，只想把我抓起來，總覺得很火大。

「主人，這裡就交給我。我會保護主人的。」

「尼爾？」

我正在思考對抗黃金巨人的對策時，尼爾從胸前的口袋跳出來，指使之前抓來玩的金龜子飛向黃金巨人。

嗯？仔細一看，發現尼爾和金龜子之間有靈力繩連結。原來那隻金龜子也是式神之類的東西啊！

「那、那個是？我的使魔啊！」

「阿烏爾的使魔為什麼會在這裡？」

兩人都很驚訝，但現在沒空在意這一點。

我慌慌張張地把跳出來的尼爾藏在口袋裡。

「尼爾，現在很危險，你就待在口袋裡！」

雖然尼爾身上也貼著「替身符」，但我不知道對介於生物和機械之間的尼爾有沒有效。

因此，我盡量避免把尼爾暴露在危險情況中。

「沒事的。已經結束了。」

「已經結束了？」

——已經結束了？這是怎麼回事？尼爾做了什麼？

尼爾說完之後，身上黏著金龜子的黃金巨人不再動作。接著——

「咦？什麼？為什麼要抓我們？」

「我、我不知道！現在沒辦法控制『黃金巨兵』！快、快逃！為什麼會來抓我們啊？」

——那隻巨大的手抓起班長的妹妹和金髮少女，導致她們不得動彈。

怎麼回事？我無法理解這個狀況。

「我用靈力繩奪走巨人的操控權。現在巨人由我控制。」

「由我控制……」

連這種事都能辦到啊？尼爾好厲害。

「阿烏爾，抱歉，我必須摧毀『黃金巨兵』。」

「沒關係，我也打算這麼做。格蘭！桑德！」

糟了！她們打算摧毀巨人！

「我可不會讓妳們得逞！終極～擒抱！」

「烏魯？」

在魔術發動前，烏魯以高速擒抱牽制住兩人頭上飛舞的光球。

「蒂妮！」

「格蘭！桑德！」

光球就像乒乓球一樣被撞飛，魔術也無法發動。總之真是太好了、太好了。

「那就……」

「你、你別對阿烏爾出手！有什麼就朝我來！你這個禽獸！」

「不、不可以！這次責任在我！你要動手……就衝著我來！」

「不……」

又是禽獸又是動手的，到底以為我是什麼樣的人啊……

「總之，我們先好好談吧。尼爾，放開她們兩個。」

「了解。」

「──咦？」

「咦什麼咦，我本來就沒有想對妳們做什麼。只是想好好談而已。」

不知道是不是因為巨人放手的關係，讓她們對我有點信任，看樣子沒有要繼續攻擊。

好累。這下總算可以好好談了。

✦✦✦

大通公園旁的建築物屋頂上。有一名男子俯視著瀰漫霧氣的大通公園。

「真是太驚訝了。沒想到這樣的『精靈術師』竟然隱於人間……」

他名叫「克洛姆」。就是他扮成幸助突襲阿烏爾和潤奈，導致雙方敵對。

「他所驅使的精靈，氣息足以匹敵大精靈……沒想到能找到這麼有趣的人。不枉費我特地寫信放在鞋櫃，還扮成少年四處逃竄！」

克洛姆壓低針織帽帽簷並大聲笑。

他的表情透露出至高無上的快樂，因為好久沒有遇見這樣有趣的對手了。

「雖然對艾歐大人過意不去，但事情變得越來越有趣了。」

在艾歐的魔術下，得知奪取「妖精種子」的犯人就是幸助，而克洛姆受命要將種子取回，但他早就將目的拋在腦後。相對之下——

「這名少年不只能驅使強大的精靈，還擁有非比尋常的體術，甚至能發動前所未有的結界術與恢復術……呵呵呵，我一定要揭開少年的真面目！」

——他的目的轉為揭開幸助的真面目。

「啊……自那之前，應該會先被艾歐大人斥責一頓。」

克洛姆這樣喃喃自語後，旋即消失在建築物上。

✦✦✦

「……也就是說，我不知道有什麼『妖精種子』，也沒有襲擊過妳們。」

「的確，在公園的時候明明穿著制服，但現在卻是便服。」

「好奇怪……外表的確是你啊……」

雙方自我介紹後，我終於能夠主張自己的無辜。

我們來到地下鐵大通車站剪票口旁的咖啡店。畢竟站著說話不太方便，所以搜尋了一下附近能安靜談話的地方，最後決定來這裡。

「對啊！主人還以為有人要跟他告白而坐立難安地等著呢！絕對沒有去妳們信上說的公園！」

「烏、烏魯！不用說那麼詳細！」

我的確以為那是告白，但也沒有那麼坐立難安。這個大嘴巴妖精，今天不給妳吃點心。

「桑德也說他看起來不像是在說謊。」

「那在公園攻擊我們的，真的另有其人囉。」

喔！看來好好說明之後，她們終於願意相信我了。

「真的非常抱歉！」

「非常抱歉！」

然後她們就開始輪番道歉。

拚命低頭道歉的兩名少女以及接受道歉的高中男生。雖然沒有人看著我們，不過這個畫面還真是精采。

「妳們能理解就好了。請抬起頭來吧。」

「不，因為誤會差點讓你受傷了。請讓我們賠禮。」

「沒錯。一切都是我們的責任，我希望能好好賠禮。」

「賠禮啊……」

啊！既然如此，不如趁機請教她們術式和精靈的事情吧。反正這也不是隨便就能查到的資訊。

「既然這樣，那可以請教妳們一些事情嗎？譬如妖精和結界術的事。我是自由術師，沒什麼機會像這樣和其他術師對談。」

我聽小黑說，大多數的術師都隸屬某個組織或團體，但也有少部分術師不隸屬任何組織，按照自己的意思行動。所以，我這次就用這個來解釋自己的身分。

而且我真的不隸屬任何組織啊。

「當然可以。那我先從這個結界說明。『霧幻結界』是具有把人趕走以及隱蔽功效的結界。因此，使用在局部範圍的時候就能達到現在這樣的效果。外面聽不見內部的談話聲，所以能大方談論任何事情。」

看著在咖啡廳一隅設下的迷霧結界，班長的妹妹潤奈這樣說明。

這個「霧幻結界」在剛才的大通對戰中也有使用，似乎是潤奈能驅使的強大結界術。

只要包圍自己的座位，就能創造出包廂般的空間。這還真是方便，我已經學會，下次可以在嘈雜的家庭餐廳或者讀書的時候試試看。

「接下來是精靈術師……幸助同學也是精靈術師對吧？」

「應該是這樣，我前天才遇到烏魯，還不知道精靈術是什麼。」

「前天？」

「這麼說來，你是前天才剛和精靈締結契約？」

「嗯，就是這樣。」

雖然是剛剛才正式締結契約啦。

「好、好厲害。剛才締結契約，就能驅使這麼多術法，我從來沒聽過有這樣的案例。」

「前所未見的美麗結界和石頭魔像，儘管不知道是什麼術法，但都是很高級的魔術！能操控阿烏爾的『黃金巨兵』也很厲害！」

魔像啊……石板人偶是特異功能的產物，而且操控黃金巨人的是尼爾，不過她似乎擅自誤解成是某種術法了。

不過要是說出尼爾的事，事情反而會更複雜，而且小黑叫我最好不要讓別人知道我能使用「術式」和「特異功能」，所以就這樣配合她的想像吧。

「但是目前威力太強，我還沒辦法控制。」

「這也沒有辦法。因為精靈術利用大自然中存在的魔力，威力和規模都會變大。」

「既然你和如此強大的精靈締結契約，那一定很難控制。」

「強大的精靈？」

我望向和三顆光球玩在一起的烏魯。

光球們似乎無法忤逆烏魯，被迫幫她按摩肩膀和手腳。

「主人，怎麼了？」

「不，沒什麼。是說妳別這樣使喚那些光球。」

「知道了——」

這個自以為是的多嘴妖精很強？應該是我聽錯了吧？不對，她剛才還使喚光球按摩耶……

我邊想著這些事情邊望向兩人，她們正張著嘴表示驚訝。

「怎麼了？」

「沒事，只是你真的和那位精靈締結契約了呢。」

「我、我很驚訝。我第一次看到有精靈術師能夠平等地和強大的精靈對話。太厲害了。」

原來是驚訝於我和烏魯平等的對話啊？烏魯從種子裡誕生的時候就一直這樣，所以我以為很正常。

話說回來，我也不覺得需要尊敬這個多嘴的妖精……

「主人，你該不會在想什麼失禮的事吧？」

「不，我在想烏魯真是優秀的妖精。」

不愧是妖精，實在太敏銳了。

「說到這個，『妖精』和『精靈』有什麼不同？我連這個都不知道……」

我雖然稱呼烏魯為「妖精」，但兩人都用「精靈」這個詞。在這不經意的對話中，我感覺到不對勁。

「妖精和精靈之間單純是等級不同而已。據說妖精經過漫長的歲月會昇華成精靈，如果再更久就會變成大精靈。」

「區分的方法可以看和我們締結契約的格蘭、桑德、蒂妮，呈現光球般的外觀的就是『妖精』。如果清楚呈現人或動物的樣貌，就是『精靈』。大部分的精靈術師都是和妖精締結契約，精靈術師能和大精靈締結契約的情形很少見。」

「原來如此。」

這麼說來，烏魯不是「妖精」而是「精靈」。我都不知道。

「應該是說，和如此強大的精靈締結契約已經超乎『少見』的範疇了。你是在哪裡遇到烏魯的呢？」

「妳問我哪裡我也很難回答，她在我家的庭院裡誕生，那個時候遇到的。」

「『誕生』嗎？」

兩人歪著頭回問。

「一個不認識的人給了我一顆像小孩拳頭大小的種子，我碰了之後烏魯就誕生了。」

「『從種子裡誕生』嗎？」

「嗯，對。」

這是很罕見的事情嗎？不對，精靈本身就已經很罕見了。

「也就是說……」

「應該沒錯……」

兩人對看之後直直盯著我。怎麼了？

「結城同學。誕生烏魯的那顆種子應該就是……」

「我們在找的『妖精種子』。」

「……咦？」

仔細一問，發現誕生烏魯的謎樣種子和「妖精種子」的特徵完全一致。

能誕生妖精的種子就叫做「妖精種子」啊，的確能夠理解。

「也就是說，『妖精種子』已經不存在了……」

進一步追問後才知道，「妖精種子」是阿烏爾隸屬的魔術組織「黃昏黎明協會」的至寶，擁有無法估量的價值。

「真的假的……」

我斜眼看著烏魯用玻璃杯上的水滴畫畫。

「主人，怎麼了？」

「沒事，沒想到妳很會畫畫。這是尼爾嗎？」

「對啊！嘿嘿，很像對吧！」

嗯，很像……不對！重點不是這個！一不小心，我就開始逃避現實。

「真的很抱歉！」

接著，又開始一連串的道歉大會。

我努力向阿烏爾妹妹……不對，阿烏爾小姐賠罪，最後以定期報告烏魯的狀況為條件獲得她的原諒。

從「妖精種子」誕生「精靈」這種事似乎是第一次發生，所以她想知道之後的過程。

如果這樣就能原諒我，那要怎麼報告都可以。我的天哪！真是太好了……我以為她要我賠個天文數字的金額。

「現在還沒抓到偷走『妖精種子』的真正犯人。這次讓我們敵對的事，應該也是犯人的陷阱。」

「結城同學今後很可能會被盯上。我希望你多加小心。」

「知道了，我會小心的。」

之後，為了向兩人報告烏魯的情況，我們交換了聯絡方式。

「主人，你一臉色迷迷的樣子～」

「才沒有！」

我只是因為能和兩位美少女交換聯絡方式而感到有點開心而已。我絕對沒有表現出色迷迷的樣子。

烏魯明天也不能吃點心了。

「這附近可能還留有找犯人的線索，我們會繼續找。」

「如果有任何發現會再和你聯絡！」

她們兩人說完這些話之後就離開了。似乎是打算再回到對方指定的公園和逃走的路線繼續尋找犯人的蹤跡。

「如果能再見面就好了……」

「國中部的校舍和高中分開，能見面的機率很低。」

話說回來，她們兩人都穿著我們學校國中部的制服。

「的確是這樣沒錯。嗯，不過有緣就會再見面了。而且我還要定期報告烏魯的情形，今後還是會繼續聯絡啊。」

我和烏魯、尼爾一邊閒聊一邊踏上歸途。

✦
✦
✦

「克洛姆，你到底都跑去哪裡、做了什麼？」

「非常抱歉。艾歐大人找到的少年是個非常厲害的精靈術師，我完全沒有機會趁隙加入戰局。」

在之前潛伏過的札幌站旁高級飯店房內，克洛姆對艾歐低頭致歉。

「罷了。你也不是戰鬥型的術師。這種武打場面就交給我和賚姆吧。」

「哎呀，給您添麻煩了，真的很抱歉。」

「任務結束後我會確實追究你的責任。」

「是。」

聽到艾歐充滿魔力的怒斥聲，克洛姆渾身顫慄並往後退了一步。

「好，克洛姆，你負責潛入學校收集情報。懂了嗎？」

「我、我知道了。」

「我會和費姆一起找機會下手。費姆，妳也沒問題吧？」
艾歐對佇立在房間一隅的黑長袍少女說。
「……了解。」
黑長袍少女就這樣回一句話，靜靜地繼續醞釀魔力。

✦ ✦ ✦

翌日。
今天在體育館舉辦「宿營活動」的交流會。
因為我是外面考進來的學生所以不知道，宿營活動不只高一參加，國三的學生也會編進每一組。
在這個活動中要一起度過三天兩夜，目的就是要加深和國中學弟妹之間的情誼。
「喔！來了來了！」
瀧川一臉興奮地看著體育館的入口。
往那裡一看，發現國中部的學弟妹們陸續進場。

「E1在這裡！這裡、這裡！」

瀧川這樣喊了一聲之後，其他組也開始喊自己的組名招呼學弟妹過來。我越來越覺得這傢伙就是在這種時候才會大顯身手。

我們高中總共有A到E五個班級，每班都大約有四十人。五人分成一組，所以每個班級有八組。

順帶一提，我們是E班的第一組，所以叫做「E1」。

「喔！國中部的學弟妹也開始動起來了！」

如相原同學所說，國中部的學弟妹也開始找自己的組別。

這次似乎是透過抽籤決定要編入高中部的哪一組，他們紛紛看著剛才抽到的籤移動。

「小相也很興奮呢。」

「不知道是什麼樣的人會來，很期待啊！」

相原同學和班長在旁邊歡樂地對話。

不知道是什麼樣的人會來，的確很令人期待呢……這個時期就算沒做什麼也經常覺得緊張。希望至少在參與活動的時候能夠歡樂度過。如果是合拍的學弟妹就好了。

「怎麼回事，那兩個人好漂亮……」
「好可愛！」
「好厲害，好像偶像喔！」
人群之中，有兩位特別引人注目的美少女。
一位是擁有美麗短金髮，臉蛋宛如人偶般精緻的美少女。另一位是把中長黑髮綁在腦後的馬尾美少女。應該是說，她們就是阿烏爾和潤奈。
這兩個人果然是國中部的學生啊。而且還是國三生。
「A班的第三組在這！」
「C班的第五組在這裡喔！」
「誰是D班第二組！」
兩人登場之後，高中部男同學都更加興奮了。
已經找到組員的組別很安靜，還沒找到的一心期待那兩個人會是自己的組員，所以拚命吶喊。
「這裡是第幾組？」
「B班的第六組！」
「這樣啊。不是這裡，抱歉了。」

「啊，嗯……」

知道她們不是自己的組員後，男同學紛紛垂頭喪氣。

咦？總覺得這個光景好像在哪裡看過。

「瀧川，你不去問問她們嗎？」

石田看著受到男同學注目禮的兩位少女，調侃似地這樣問瀧川。

「不用了啦。我們這一組已經有這個年級最高人氣的水上同學和相原同學了。如果再奢求一定會遭天譴……」

「「咦？」」

瀧川出人意表的回答，讓我和石田目瞪口呆。

平常的瀧川一定會大喊「不用你說我也會去！耶呼！」然後衝過去搭話。今天怎麼那麼謙虛。

這傢伙真的是瀧川嗎？

「開玩笑的！不用你說我也會去！耶呼！」

是本人沒錯。

「E班第一組！E班第一組！」

瀧川推開包圍兩人的男同學們，一邊喊著組名一邊衝入人群中。

「喔，回來了……？」

我和石田對瀧川背後的光景更感到訝異。阿烏爾和潤奈竟然跟在瀧川身後。

「她們兩個人都是E班第一組！」

瀧川的一句話，讓周圍側耳傾聽的男同學們垂頭喪氣。

瀧川撥開垂頭喪氣的男同學，引領兩位美少女前進，看起來有點神聖感。

「啊，姊姊！還有結城同學？」

「結城同學也是E班第一組嗎？有認識的人在真是太好了！」

兩人的眼神和我對上之後，便拋下瀧川跑到我跟前。

周圍的男同學們用彷彿要留出血淚的眼神瞪著我。實在太似曾相識了。

「結果還是奔向幸助！」

瀧川留下這句話，踢了我的小腿骨之後不知道跑去哪裡了。

好痛。

✦ ✦ ✦

漫漫長夜結束，我們期待已久的兩天三夜宿營活動開始起跑。

話雖如此，現在我們還坐在巴士上。

「啊～～」

「結城同學，你好像很想睡。沒事吧？」

「我沒事，只是昨天有點熬夜。」

可能是我一直打哈欠，班長擔心地慰問我。真的很抱歉。

我睡眠不足是因為鈴。

昨天晚上花很多時間哄一直想跟來的鈴，所以沒什麼睡。最後鈴還是一副不甘願的樣子，但小黑和小白都說會幫忙照顧，所以就拜託他們兩個了。

順帶一提，因為尼爾和烏魯不顯眼，所以我帶他們一起來宿營活動。

尼爾在我的口袋裡，烏魯則是以靈體化的姿態飄蕩在我身邊。

「我才不會因為睡眠不足就放過你！十一革命！」

「八切牌，紅心三，我出完了。」

「啊，我也是。」

「我也是。」

「我也——」

「什麼？」

我出了紅心三之後，班長、石田、相原同學都一一出完牌，瀧川又變成大貧民了。

「為、為什麼啦！」

瀧川不甘心地丟出撲克牌。

呵呵呵，因為我在家裡玩大富豪這個紙牌遊戲已經玩到膩了。我們經驗值完全不同啊！

順帶一提，在家玩的時候，每次都是尼爾獲得壓倒性的勝利。

「你看你看，好像已經要下高速公路了。」

因為班長這句話，我往外看到寫著「旭川鷹栖」的看板，似乎是抵達目的地了。

「快兩個小時啊。原本以為很久，結果一下子就到了。」

「因為我們一直在玩撲克牌啊——」

相原同學這樣回應石田說的話。原本的確是以為要坐很久，結果一下子就到了。

在那之後大概經過二十分鐘，巴士就抵達旭川博物館的停車場，順利和國中部的學弟妹們會合。

「姊姊、學長姊們好！」

「從今天開始三天兩夜的行程，請大家多多指教。」

我們和搭乘國中部巴士過來的潤奈和阿烏爾會合，接下來就會以加入國中部學生的七到八人小組活動。似乎是以高中部帶領國中部的形式進行活動。

「成員都到齊了，那我們就出發吧！」

我這麼說之後，大家便一起進入博物館。

人都到齊的組別依序進入博物館，今天早上的行程是參觀博物館內愛奴族相關的展示品。

「嗯？這、這個是？」

我在展示會場的入口獨自大受感動。

沒想到這裡竟然有「黃金神作」的聯合特展，內容是在描述愛奴族少女和曾經是將軍且擁有不死之身的主角一起尋找黃金。

「你在幹嘛，快點入場。」

「啊，可是，啊……」

然而，我完全沒有多餘的時間能欣賞那個特展。我們必須把參觀的內容寫成報告，而且為了避開人潮混亂，還得在三十分鐘左右逛完。

在石田的催促下，我心不甘情不願地離開特展區。嗚……

「這裡的展品有資料可以帶回去看，我們拿完資料就去下一區吧！」

「這裡的展品是儀式用的道具呢。這似乎是高級儀式用的東西，只要畫下這一件展品的素描就沒問題了。」

入場之後，在班長和石田妥善地帶領下，我們以壓倒性的高效率參觀了展示會場。

他們兩個都是整個學年前五名的優等生，頭腦轉得很快。順帶一提，我的成績在中段往上一點。因為我的學習能力只能對有興趣的技能發動。

「話說回來……」

看得到耶……數量很多，不輸我家庭院。

「結城同學，怎麼了嗎？」

「阿烏爾，妳看得到那個嗎？」

我指著重現愛奴族居住空間的建築物詢問阿烏爾。

「結城同學果然也看得到。他們應該是跟在愛奴人身邊的妖精喔。」

「原來如此。是說，妳可以看到幾隻？」

「一、二……全部有四隻。」

「這就是全部了？」
「沒錯。有什麼令人在意的地方嗎？」
「不，沒什麼。」
原來如此，四隻啊。一、二、三……嗯，全部有十三隻耶。
阿烏爾看到的應該是在住宅中間的四個彩色光球吧。她似乎看不到其他的白色光球。
「阿烏爾、結城同學，發生什麼事了嗎？」
不知道是不是在意我和阿烏爾的對話，潤奈也跑了過來。
順便問了潤奈，她的回答也一樣。看樣子她們兩個人就算能看到妖精也沒辦法看到白色光球。
小黑說過，白色光球是人類或動物的魂魄。雖然不知道原理是什麼，但她們兩個人只能看到精靈。
「啊，大家都往下一個展示區前進了。我們也走吧！」
「說得也是。」
「走吧！」
雖然沒能參觀黃金神作的特展很不甘心，但既然已經有新發現那就暫且先這樣吧。

正當我這麼想的時候，眼前又有了新發現。

「這好像是愛奴人真正使用過的短刀耶。紋樣好精巧。」

「似乎叫做馬基利呢。紋樣真美。」

「好帥喔！」

石田和相原同學、瀧川一一發表自己的感想。的確如他們三人所述，這把短刀的花紋非常美麗又帥氣。

「可以感覺短刀上有些微魔力。」

「這是……」

「這應該是以前的『魔具』。現在已經失去力量，不過愛奴人中應該曾經有過能製作魔具的術師。」

我無意之間用神仙爺爺強化過的聽覺聽到術師三人組的聲音。

阿烏爾、潤奈和班長三名術師用周圍聽不到的音量說出另一種感想。

我雖然是第一次聽到「魔具」這個詞彙，但從名稱來看應該是擁有特殊力量的道具吧。這把小刀果然不是普通的展示品。

「再看仔細一點好了。」

我聚精會神地看著短刀的紋樣。結果──

「這叫做『神之短刀』，是主要拿來肢解動物的神器。效果是……」

──我學會眼前這把短刀的效果和製作方法了。

不過，這是神器？

還真是找到不得了的好東西啊。效果也不同凡響。根據使用方法不同，甚至擁有一擊必殺的功效。為什麼這種東西會放在這裡啊……

我還是先記住短刀的做法好了。

「幸助在幹嘛，要走了啦──」

「抱歉，馬上來。」

就在我觀察「神之短刀」時，大家已經移動到下一個展區了。我也從後面追上。

✦ ✦ ✦

早上的博物館之行，還真是意料之外的寶庫。

「來，這是主人準備的點心喔！」

「哼——」

鈴說什麼都不接下小黑遞給她的洋芋片。

「嘎嘎——嘎？」

「哼！」

小白告訴鈴「還有主人榨的果汁喔」並且把蘋果汁遞給她，但鈴就是不喝。

「這下傷腦筋了。鈴大概是打算在主人回來之前什麼都不吃了。」

「嘎……」

小白叫了一聲，彷彿在說：「這可不行啊……」

「沒辦法了……鈴啊，如果能見到主人一眼，是不是心情就會好一點了？」

「我會！我會！」

「這樣啊。我記得主人是去旭川三天兩夜對吧？」

「嘎——」

「嗯。既然如此，老身去見故友，順便去看看主人的情況吧。」

「故友？」

「就是老朋友的意思。我朋友是掌管旭川一帶的大妖怪，以我們過去的交情，住兩個晚上應該沒問題。」

「嘎……」

小白原本想說：「如此一來不就違背了主人要我們好好看家的本意嗎？」但也不禁沉默。

幸助只說「好好照顧鈴」，沒說「別跟到旭川來」。

再加上小白自己也想待在幸助身邊，所以這個想法便占了上風。

「嘎！」

「小白也贊成啊！那我們就趕快動身吧。鈴啊，妳去準備兩天的換洗衣物。飲食和住宿我的老友應該會幫忙的。」

「我馬上去拿換洗衣服！」

鈴擅自拿出幸助的背包，把衣服和內衣褲塞進去。

「那我們就出發吧！」

看到已經準備好的鈴，小黑變身成金獅子。

「不必客氣，騎到我背上吧，我帶你們去。」

「嘎！」

「嗯！」

「『模擬．霧幻結界』。」

確認小白和鈴都騎到背上後，小黑便發動結界。該結界模擬擁有趨人以及隱蔽功效的「霧幻結界」，不過效力毫不遜於原本的結界。

「出發！」

「嘎——」

「出——發——！」

渾身被霧氣纏繞的金獅子背上載著白烏鴉和白髮少女騰空飛起。

✦✦✦

參觀完博物館之後，我們搭巴士移動到下一個目的地。

「下一個地點是旭山動物園啊。」

「很期待對吧！」

我不經意的一句低語，班長馬上就有回應。

班長還真是興致高昂啊。這是怎麼回事呢？

「姊姊最喜歡動物了。每次到了播動物節目的時間，她就會強制轉台。」

「原來如此。」

潤奈一邊抱怨一邊偷偷告訴我這些事。

雖然略微看到班長不為人知的一面，但這樣的班長也不錯呢。看到她很期待的樣子，連我都變得興致高昂。

從參觀博物館後就和學弟妹們一起行動，所以潤奈和阿烏爾也坐在眼前的座位上。

「巴士會停在東門，最受歡迎的路線是沿著小動物區走向猿猴區……不過，因為最受歡迎所以大家應該都會走這個路線參觀。因此，我們應該要反其道而行，先繞到貓頭鷹區，從蝦夷鹿森林和大野狼森林參觀，才比較能避開人潮順利參觀……」

坐在我旁邊的班長看著自己事先印好的旭山動物園示意圖，仔細擬定計畫。她一定期待很久，眼神完全不一樣呢。示意圖上的筆記也很厲害。

「我們是不是得在園內吃午餐？」

「行程是這樣寫的。這裡好像有炸鹿肉餅喔！」

「吃這個好像需要一點勇氣。」

瀧川和相原同學、石田隔著走道正在計畫午餐要吃什麼。因為參觀動物園時剛好碰到午餐時間，所以午餐必須各組自己解決。

「啊，看到了！」

阿烏爾這麼說之後，我往外一看就看到動物園的入口了。

「那就是旭山動物園啊！」

看樣子已經抵達目的地了。

「終於到了！」

班長的興奮之情已經到達最高峰。我們開始班長引頸期盼的旭山動物園參觀之旅。

✦ ✦ ✦

「啊，看到了！」

聽到鈴這麼說，小白從小黑的背上俯視眼下寬闊的景色。

雖然有國道和橋梁等人工建造物，但廣大的群山以及山中的美麗樹林、水流湍急的河川都在小黑一行人的腳下。

「到了。這裡就是老友治理的土地——神居古潭。」

「喔喔——」

「嘎——」

鈴和小白都被這裡的景色震懾，森林的一隅同時飛出大量烏鴉。

「嗯？」

小黑馬上就察覺那群烏鴉的異樣。

儘管小黑一行人設下結界，烏鴉群仍然能辨識並且筆直襲來。

「是小白的夥伴嗎？」

「嘎——」

小白搖搖頭，回答「我不認識那些烏鴉」。隨著烏鴉越來越接近，能夠明確辨別樣貌之後，小黑和小白的表情開始扭曲。

「怎麼那麼臭。」

那些烏鴉不只沒有眼睛和腳，甚至有的還露出骨骼和內臟。那個樣子怎麼看都是死屍，烏鴉群一邊散發出令鼻子扭曲的腐臭一邊接近小黑一行人。

「嗯，這應該是有人想攻擊我們。」

「嘎——」

小白同意小黑的說法。

「我們先看看對方的反應吧。鈴啊，妳能砍斷那些傢伙嗎？」

「可以啊——」

鈴點點頭，把手放在純白的小短刀上。

她旋即以超越音速的速度揮動小短刀，留下鈴鐺般的聲響後收回刀鞘中，被斬斷的烏鴉變回死屍紛紛落地。

由於斬擊的範圍控制在烏鴉群，所以後方廣袤的森林並沒有受到損害。剛才的揮刀使得烏鴉群減至半數。

「好危險！要是吃了那一刀肯定撐不住！」

「蠢貨，別出聲！」

小黑和小白沒有錯過在鈴發動斬擊後，從烏鴉群中發出的聲音。

「小白啊，你能不能把躲在那群烏鴉裡的人拖出來？」

「嘎——嘎。」

小白回答「當然可以」，接著便把音波釋放到烏鴉大軍以及後方廣袤的森林中。

「嘎嘎——嘎、嘎——嘎。」

「烏鴉群內有一名巨漢和一隻大烏鴉，後方的森林有一名少女。」小白這麼說，同時也飛入死屍烏鴉群內。

「鈴啊。小白把敵人拖出來之後，我會讓死屍烏鴉停止動作。妳能趁這段時間把死屍烏鴉都打倒嗎？」

「我可以——」

「那就拜託妳了。」

小黑指示完之後，死屍烏鴉群中出現一隻黑色大烏鴉與一名獨眼巨漢。

小白為了追上他們，從烏鴉群中竄出。

「那隻白烏鴉怎麼回事！一靠近就瞬間把我彈開！」

「那大概是用靈力釋放衝擊波的能力。用我的『穿透』都沒辦法抵禦，這下麻煩了。」

面對黑烏鴉的抱怨，獨眼巨漢一邊分析小白的能力一邊解答。

「看樣子小白已經把他們弄出來了。那就讓這些死屍烏鴉安眠吧。『模擬・束縛』！」

「飛行——斬擊——！」

小黑的「束縛」使得死屍烏鴉群不得動彈，而鈴的斬擊把烏鴉切成碎片一一落到森林中。

小黑背上載著鈴飛在空中，小白則是在更高處待命。只剩下漆黑的大烏鴉以及獨眼巨漢。

「賽伊操縱的死屍烏鴉，一點用都沒有啊！」

「科洛，別說了。不能輕蔑死後仍為我們效力的森林同胞。」

名為科洛的黑烏鴉口出狂言，獨眼巨漢出聲勸諫。

「好了，你們是什麼人？為什麼要攻擊我們？」

「哈！我們才要問為什麼呢！是你們釋放巨大的氣息侵入大姊頭的地盤耶。你們到底是什麼人？」

漆黑的烏鴉完全不聽小黑說話，擅自將自己身上的羽毛化為一片片的利劍。

「嗯，大姊頭啊……」

小黑對黑烏鴉所說的話感到不對勁，稍微想了一下才開口。

「他們就交給我來對付。小白和鈴別出手。」

「嘎──」

「嗯，知道了──」

就這樣，小黑和謎樣襲擊者的對戰揭開序幕。

✦
✦
✦

「現在開始三個小時是自由活動時間。集合時間到的時候，都要到這個東門停車場集合喔——」

「「「好——！」」」

載著學生的巴士抵達旭山動物園的東門停車場，班導大谷老師宣布集合地點之後，大家便開始參觀動物園。

「入口處有餐廳耶。我們先吃飯吧！吃飯囉！」

「你在說什麼啊！當然是要先看動物啊！」

「好、好的！」

瀧川被班長的氣魄震懾，只能乖乖聽命。

「我們先避開人潮到貓頭鷹區參觀，然後再去蝦夷鹿森林和大野狼森林，這個路線可以嗎？」

「「「很可以！」」」

因為剛才的氣勢，沒有任何人持反對意見。

「班長真的很喜歡動物耶。」

「她以前覺得動物園裡的動物和被當作寵物的動物淪為觀賞物很可憐，所以並沒有這麼喜歡，但自從知道這並不是自己能改變的狀況，就變得能夠享受看動物的樂趣了。」

「原、原來是這樣啊。」

問了潤奈才知道，原來還有這麼深層的理由。因為太喜歡動物，才會有這樣的糾葛啊。

「哇！是蝦夷鹿！」

班長目光閃閃地看著正在吃飼料的蝦夷鹿。

嗯，動物園這裡就讓班長盡情發揮吧。

我一邊溫暖守護不同往常的班長，一邊參觀園內的動物。然後，也稍微瞄了一眼跟在背後的一行人。

「果然是我想太多了吧。」

有好幾組跟在我們後面。

「結城同學，我發現剛才就有其他組跟在我們後面，你知道為什麼嗎？」

「眼神有點可怕。」

「啊——妳不用在意。他們應該沒什麼問題。」

那些跟來的人，應該是地下組織水上粉絲團的成員吧。裡面有幾個是在學校經常瞪著我的人。

還有一些沒看過的。從他們的視線來看，應該是潤奈和阿烏爾的粉絲吧。偶爾會對我發出充滿殺氣的眼神。好可怕好可怕。還是別在意他們好了。

「潤葉~差不多該休息了喔~」

參觀完園內的南側一圈，相原同學替我們說出心中的想法。

「各位真抱歉，我太投入了。剛好這裡離休息處也很近，就在那裡吃午餐好嗎？」

「不愧是潤葉！那就來吃午餐吧！」

不愧是相原同學！她一定是看準班長欣賞動物的慾望告一段落，所以才出聲的。真是完美的時間點。真不愧是班長的好友。

「是休息處！請給我蝦夷鹿炸肉餅、蝦夷鹿香腸、蝦夷鹿漢堡排！」

「你……」

「好厲害喔……」

到達休息站的同時，瀧川馬上點了特色菜。

我也想說要吃吃看其中一樣，但全部都點也太猛了。女同學們有點嚇到。

「我要吃哪個好呢？請給我蝦夷鹿炸肉餅和咖哩。」

「那請給我醬油拉麵和炸麻糬。」

我和石田接著在瀧川後點餐，女同學們也陸續點好餐。

「結城哥——！」

此時，有人在休息處的用餐區叫住我。

「是蒼司啊！」

循聲看過去，是蒼司、霞同學和燈同學。看樣子蒼司他們那一組也在休息。

「結城同學，呀吼！大家也來這裡坐嘛，這裡這裡。」

「這裡還有座位，一起吃午餐啊！」

因為燈同學和蒼司這麼招呼，我們這一組的人也往那裡走過去。

「水上姊妹和相原同學、阿烏爾同學，再加上燈同學、霞同學兩位月野家的姊妹……這麼幸福好像有點恐怖。但是，我好開心！」

瀧川的情緒變得不太穩定，還是別理他好了。

霞同學旁邊沒人，所以我決定坐那裡。

「霞同學是點鹿肉漢堡排對吧？」

「嗯。結城同學是蝦夷鹿炸肉餅呢。好吃嗎？」

「嗯，非常美味。hinna、hinna。」

「呵呵，鹿肉漢堡排也很美味喔。hinna、hinna。」

喔喔！我就知道霞同學也懂這個梗。有阿宅同伴真的太棒了。我看著霞同學的頭頂，大聊阿宅的話題。

「結城同學，我頭髮上沾到什麼了嗎？」

「不，沒有沾到什麼啊！」

「那……你為什麼一直看著我的頭？」

「抱歉，我會像平常一樣看著眼睛說話的。」

果然，看著頭頂說話很失禮。還是看著眼睛吧。不要注意人家的胸部就沒事了。

「hina?那兩個人剛才到底在說什麼啊？這不是hina，是鹿吧？」

「不是hina而是hinna。我記得是愛奴語當中表示感謝的詞彙。但不知道為什麼剛才要說這個。」

瀧川和石田歪著頭。哼，這個感動不是阿宅就無法理解。

「妳是潤葉的妹妹?好可愛喔！旁邊的小妹妹也超可愛的！是混血兒嗎？」

「妳好，我是水上潤奈。請多多指教。」

「妳好，我是阿烏爾。呃，我是日英混血。」

「哇，妳們兩個都好可愛！」

「燈，冷靜點。這傢伙是月野燈，請多指教。還有，我叫葛西蒼司，是結城哥的小弟。」

「我是月野霞，請多指教。」

開始用餐一段時間後，蒼司一行人和潤奈他們聊了起來。

因為這樣，我們也和蒼司那一組的兩名不良少年以及國中部的兩個女生互相打招呼。

其中一名不良少年就是經常來叫我出去的山本頭少年。另一人應該是曾經在體育館後見過、總是跟在蒼司身邊的小混混之一吧。國中部的兩個女孩，看起來也很像不良少女。兩人好像都很喜歡蒼司，總是用崇拜的眼神看著他。

不知道是不是因為蒼司說他是我的小弟，她們兩個也對我投以崇拜的眼神。

「啊，剛才蒼司是在開玩笑，別在意啊。」

我完全不記得有收蒼司當小弟，所以堅持否認。

「話說回來，結城哥你們參觀過哪裡了？」

「南側吧。接下來要往北側走。」

「那和我們一樣！一起參觀吧！」

「你怎麼睜著眼說瞎話啊，我們才剛逛完北側耶。對不起，結城同學，我們接下來要參觀南側，大家再見囉！」

燈同學她們先吃完午餐，便拉著蒼司離開休息處。對燈同學她們揮手道別後，我們也要開始繼續參觀了。

話說回來，小黑說過霞同學、燈同學、蒼司都是特異功能者。蒼司已經知道我的真面目了，有機會的話希望能看他露一手「特異功能」。如果是很方便的特異功能，我也想學。

「那接下來就去看北極熊吧！」

活力充沛的班長一馬當先，前往北極熊區……嗯？

『主人，怎麼了嗎？』

『不，沒什麼。應該是我想太多了。』

尼爾為我擔心，但我告訴他沒事。

只是一瞬間。真的只有一瞬間而已，我感覺到非比尋常的殺氣。

因為班長的紛絲們也跟在後面，所以分不清楚，但我感覺到和陰陽師、特異功能者對戰時的真正殺氣。話說回來，我在不知不覺中變得能夠感受到殺氣的不同了。雖然現在才發現，不過我好像離人類越來越遠了。

「各位，到了喔！」

正當我在思考這些事的時候，不知不覺就抵達北極熊館。

班長整個人生龍活虎。

「啊，是北極熊——！」

聽到班長的聲音我跟著回頭，露出滿滿殺意的北極熊正瞪著我。

✦
✦
✦

「可惡！」

黑烏鴉將每一片羽毛化為漆黑的劍並射出去，小黑三兩下就將這些劍擊落。

「為什麼你能和本大爺使用相同的能力啊啊啊啊啊啊啊啊啊啊！」

黑烏鴉連飛行所需的羽毛都化成劍發射出去，便墜落到森林中了。

「不行不行不行！這我們沒辦法處理！」

操縱烏鴉屍體的少女以狐狸和熊的屍體和小黑創造出的無數土人偶對抗。然而，在多數暴力下潰不成軍，最後輕易地被制伏。

「……這，我投降。看樣子我們對付不了你。」

獨眼巨漢在小黑的靈力波攻擊下數度被轟走，但仍然持續奮戰，斜眼看著那些被輕鬆撂倒的夥伴後，得知已經毫無勝算才乖乖投降。

「小黑好強——」

「嘎——」

鈴因為小黑的英勇之姿眼神閃閃發光，小白親眼見證小黑的強大不禁站直了身子。

✦ ✦ ✦

「那隻北極熊是不是一直瞪著幸助？」

不只瀧川，好像連石田和相原同學都發現北極熊釋放出的異常殺氣。

「動物喜歡結城同學耶。真好～」

只有班長沒發現。

「吼嗚嗚嗚嗚……」

北極熊和我們之間隔著深溝，無法靠近我們，但殺氣驚人。得盯著牠才行。

『魄力好驚人！不過，我覺得有點奇怪——』

『烏魯？』

烏魯透過靈力繩和我說話。雖然因為她突然跟我說話而嚇了一跳，但她說的話更令人在意。

『妳覺得奇怪？』

『嗯。好像是被某種魔術操控了。熊頸上好像戴著什麼。』

聚精會神看著北極熊的頸部，能微微看見一個魔力形成的項圈。

『這就是操控北極熊的魔術啊……』

「愚者大軍」。這種魔術可以支配動物或思考能力弱的生物。支配的數量越多，操控性就越差，只能單純執行命令。反之，如果只支配單一對象，就可以執行複雜的命令或共享意識。

原來如此，我了解了。同時，我也學會了。

緊接在博物館之後，動物園也有出乎意料的收穫。

『對方有可能是想操控那隻熊攻擊主人呢。』

『我不記得有做什麼值得被攻擊的事啊……』

……還真的有。很可能是偷走「妖精種子」的傢伙想要把東西搶回去，所以來攻擊我。

『怎麼辦。繼續和北極熊互瞪實在太累了。』

『如果主人也用類似的魔術，或許就能覆蓋對方的指令。』

『覆蓋？』

『嗯。重複施以相同的魔術，比較強的人就會贏啊！』

原來如此！

「『愚者大軍』……」

我低聲發動魔術。本來是需要唸很長的魔咒，但透過烏魯使用魔術就可以在不唸咒的情況下發動。真方便。

『主人也能使用類似的魔術嗎？好厲害！為什麼？為什麼啊？』

『好，看樣子是成功了。』

無視烏魯的問題，我逕自確認魔術的結果，看樣子是成功了。

北極熊的眼神從殺意變成敬意。

「呃，坐下。」

「噢——嗚。」

北極熊聽了我的話，當場坐下。

「好可愛！」

看到順從的北極熊，班長快要發狂了。

「好厲害，果然有被教好啊。」

「熊是很聰明的動物啊。」

「好可愛。」

瀧川等人對乖巧的北極熊感到驚訝。

發動魔術只是一瞬間的事，阿烏爾和潤奈似乎沒發現這是魔術引發的現象。

「總之這件事告一段落了。」

我低聲喃喃自語，大家也平安無事參觀完旭山動物園了。

✦
✦
✦

「我的『愚者大軍』……被破解了？」

為了評估幸助的能力，艾歐切斷和北極熊之間的連結，但仍然為自己的魔術被破解感到驚訝。

「這還是第一次看到……艾歐的魔術……被破解。」

就連一向不顯露情緒的費姆，都難掩驚訝之色。

艾歐是魔術師，也是擁有「催眠」特異功能的C級特異功能者。

一般而言，特異功能者不能使用魔術，但她所屬的魔術組織「黃昏黎明協會」發現同系列的特異功能和魔術能使用的術式，並且用在艾歐身上。

這是能夠同時使用特異功能和魔術的融合術式。因此，艾歐所使用的「愚者之群」得以升級為完全不同次元的洗腦魔術「愚者大軍」。

「如果有能夠破解『愚者大軍』特異功能或是術式……那這次作戰我恐怕幫不上忙了。」

既能省略唱誦術式的步驟節省魔力消耗，又能將效力加倍的異能與魔術融合術式。這是個擁有許多優點的術式，當然也有莫大的缺點。

那就是融合術式只能使用合成後的一種魔術。

以艾歐的情形來說，只能使用融合術式「愚者大軍」。

「沒問題……還有……我。」

和艾歐一樣把融合術式刻在身上的費姆，詭異地搖曳著黑色長袍並這樣喃喃自語。

「是啊。要是有萬一就拜託妳了。話說回來，克洛姆那個笨蛋到底跑去哪裡了？我應該已經告訴他，要他變裝去監視對手啊……」

艾歐對克洛姆的行蹤不明感到疑惑並且繼續說道：

「罷了。關鍵時刻就由我們兩個去搶回『妖精種子』。那個沒用的傢伙就別管他了。」

克洛姆只能使用改變自身外貌的變裝魔術，所以除了諜報活動以外沒什麼用處，深知這一點的艾歐面無表情地這麼說，並且開始提出下一個策略。

✦
✦
✦

「第一點……」

「我叫做伊瓦透奈。叫我伊瓦就可以了。」

「嗯，那伊瓦啊，這裡是哪裡？」

現在，小黑、小白、鈴被帶到市內的某辦公大樓前。

因為小黑要求見他們的首領。

「這棟大樓是我們的首領和子大人的所有物。因此，你想見的和子大人就在這裡。剛才我已經聯絡過了，和子大人也想見你。」

「所有物……？」

比起他們口中的首領和子想見自己，小黑更驚訝於眼前的大樓竟然屬於這個人。

「可惡，為什麼和子大姊會想見這些傢伙啊？」

「科洛這是在嫉妒呢。」

「嫉妒別人可就難看了喔。」

「我才沒有！」

聽著這些襲擊自己的妖怪談笑，小黑一行人搭著電梯前往最頂樓。

順帶一提，這棟大樓也有很多一般人出入，所以小黑和小白被鈴抱著，假裝是玩偶的樣子。

科洛也變回一般烏鴉的大小並假裝是玩偶，被賽伊抱在懷裡，一起前往頂樓。伊瓦幻化成穿著西裝的光頭大漢，所以毫無阻礙地搭上電梯。

「為什麼每次都得假裝是玩偶啊……」

「科洛，閉嘴。」

「……」

聽著賽伊和科洛對話，電梯來到頂樓。

「和子大人在這裡。請進。」

出了電梯之後，前方有個辦公室。走進辦公室，裡面有位淡藍色長髮的妙齡女性。

「果然，和子就是妳啊，伊和子幸。」

小黑一看到對方，便一副很懷念的樣子開口這麼說。

和子也回應小黑的話。

「呵呵。好久不見，貓妖。」

「嗯，好久不見，狐妖。」

小黑和那名女子互相這麼稱呼後，靜靜地相視微笑。

「那個——和子大姊，您和這隻黑貓相識嗎？」

「我們是老朋友了。最後一次見面是幾百年前啊……」

「札幌和旭川。我們各自受到當地人信仰之後，就很難離開了啊。」

被稱為和子的女性與黑貓姿態的小黑這樣回答科洛。

「話說回來，我剛才聽說妳是這棟大樓的持有人，什麼時候變成這樣了？我以為妳還像以前一樣住在神居古潭的沿岸耶……」

「總不能一直住在那麼不方便的地方啊。我致力於打造適合居住的環境，不

知不覺間就成了這棟大樓的主人了。」

和子還說，不只小黑等人所在的這棟大樓，周邊的建築物和土地也都是自己持有。

活了這麼長時間的妖怪，只要認真起來，掌握龐大金流之類的事情簡直易如反掌。

「好了，我也想和你聊往事，不過沒時間了。之後再說明，現在得馬上移動。跟我來吧！」

「移動？」

「事情有點麻煩。」

和子不由分說地把小黑等人塞進黑亮的保姆車中。

✦✦✦

參觀完旭山動物園的我們，已經抵達了位於深山中的下一個目的地「青年之家」。

青年之家是能夠容納高中部一年級的兩百人，與國中部三年級一百二十人的大型森林宿營設施。

「大家去換身休閒服吧。接下來要用今天剩下的時間和明天一整天會在森林中進行野外求生活動。請大家參考在愛奴博物館看到的展示物製作各種道具。不可偷懶喔。」

「「「好——」」」

在大谷老師的號令下，這次宿營的主要活動開始起跑。

雖然說是野外求生，不過這個活動基本上是在青年之家周邊的森林中尋找素材，製作出生活中必要的道具。

製作好的道具由老師們評分，獲得前幾名的好像可以獲得一些獎品。

除了製作道具之外，生火、收集食材也可以提高分數。

「去年優勝的組別好像是用黏土燒出陶器喔。」

相原同學這樣說。

各組分到的工具只有鋸子、鏟子、柴刀各一支，所以光是能生起火就很厲害了。在這樣的狀況下能夠製作陶器，應該是有非常熟悉戶外活動的組員吧。真羨慕。早知道如此，我就先在Y○uTuBe上學習野外求生的技能。

「好，那我們要先怎麼做呢……」

「喂！你就是組長結城幸助吧！」

正當我在思考身為組長應該要訂立什麼方針時，附近的學生叫住我。

啊，我的確是這一組的組長。

「那就靠這次活動和我們一決勝負吧！要是我們贏的話，結城幸助！你之後就不能再和潤葉大人裝熟！」

「沒錯沒錯！還有，不准你接近潤奈小姐！」

「也不要接近阿烏爾妹妹！」

咦？這是什麼狀況？

不只突然跳出來說要一決勝負，還在我沒答應的時候一直加上條件。

仔細一看，來挑戰的高中部學生似乎是水上粉絲俱樂部的成員。國中部的組員應該是潤奈和阿烏爾的粉絲吧。

碰巧來挑戰的五個組，組員都是三人之中某個人的粉絲。

真是殘酷的因果關係。班長她們也露出痛苦的表情。

『噗呵呵。』

烏魯拚命地忍住笑。

「如果你們提出這樣的條件，那我們如果獲勝也能有所要求吧？譬如『以後都要聽我的！』之類的。」

剛才說話的是瀧川。

他無視我因為突如其來的莫名挑戰而凍僵，擅自開始和對方談起條件。

「都聽你的……未免也太霸道了吧？」

「霸道的是你們吧！不能接近高中部的瑪丹娜和國中部的兩位偶像，根本就是要人結束學生生活啊！還是說，你們也覺得不能靠近水上同學沒什麼？如果你們的愛只有這點程度，那為什麼還來說什麼一決勝負？」

「可惡！好啊，那就照這個條件來決勝負吧！」

「我們也同意！萬一你們那一組贏了，我們就都聽你們的！」

「雖然戰勝潤葉大人那一組實在很難過，但我們會認真使出全力！」

咦？這什麼狀況？

瀧川擅自說定，來挑戰的人馬一臉滿足地前往森林。

「瀧、瀧川啊啊啊啊啊啊啊啊！」

「沒問題沒問題，我們會贏啦。」

「我們會贏？對方可是有五組人馬耶，如果他們互相合作，我們就是五比一啊！」

「偶們應該是沒問題的啦！」

瀧川湧現一股謎樣的自信，我也不能說什麼了。

『沒問題。關鍵時刻就交給我吧。用特異功能做出人偶，三小時就能搭出一棟小木屋了。』

尼爾透過靈力繩這樣提議。

小木屋太過異常所以我駁回了，不過或許可以請尼爾製作陶器。

雖然有點狡猾，但要是真的快輸了，就拜託他吧。

「結城同學，別在意。我之後會跟剛才那些人好好溝通。就算你輸了，我也會和你當朋友。」

「我和姊姊都這樣想。以後你還是可以和我們親近的。」

「我也這麼想。」

三人都這樣鼓勵我。真是太感激了。

「各位，謝了。但我不想輸，所以還是以獲勝為目標吧。首先要怎麼做好呢？最重要的還是占位置吧……」

「既然去年優勝的那一組製作了陶器，那我們就來找有黏土的開闊場地怎麼樣？我想只要撿些需要的木柴和藤蔓就可以了。」

我還拿不定主意該怎麼行動，瀧川就開始提出適當的指示。

「啊，這裡有白樺木啊！先來取樹皮。喔，這附近的樹枝乾燥的程度恰到好處。」

瀧川開始一一收集樹皮和樹枝。

「這附近沒有長草……賓果！這裡是黏土地。」

這次瀧川還發現了黏土質地的土壤。

「要先生火才行。用石頭圍出場地，然後切斷乾樹枝，再把木頭的纖維和白樺樹皮打散……」

瀧川用柴刀靈巧地為樹枝加工，大約十分鐘就生好火了。

「咦咦咦咦咦咦？」

「瀧川，你竟然有這種才能！」

不只我和石田，所有組員都嚇了一跳。

其他組也挑戰生火，但還沒有人成功。

據說宿營活動中，最快生好火的紀錄是開始後一小時。也就是說，瀧川創下歷代最速的紀錄。

「瀧川好厲害喔。我以為他只是個輕浮男！」

「真的很厲害！雖然我對他的印象只有在動物園吃鹿肉！」
「是啊。聽他剛才不假思索就擅自發言，還以為他是不顧頭尾的笨蛋，真是刮目相看。」
「輕浮男、吃鹿肉、笨蛋？大家對我的印象就這樣嗎？」
相原同學、阿烏爾、潤奈誠實的感想，讓瀧川大受打擊。
我也以為他是愚蠢的鹿肉輕浮男，真是刮目相看。原來他很有才啊。
「不過，你真的很厲害。平常有從事什麼活動嗎？」
「啊，有啊。水上同學知道童軍嗎？」
班長這麼問，瀧川開始回答。
瀧川的祖父似乎是經常從事志工、戶外活動的「童軍」高層幹部，非常注重教育。
「我從小就經常被帶到深山裡，這也是童軍活動之一……沒有帳篷、食材，只讓我帶著一把柴刀。基本上都是爺爺找食材，我負責打造營本部，所以擅長生火……」
不知道是不是想起什麼精神創傷，瀧川臉色鐵青地說著和祖父之間的回憶。
童軍……真是個厲害的團體啊……

「啊，那只是我爺爺特別奇怪而已，童軍不是這麼嚴格的團體，不要誤會。總之，野外求生就交給我了。」

之後，瀧川用藤蔓製作籠子，採集了能吃的野菇和野菜，還開始動手做石斧和石刀。

我也學會了做法，所以一起幫忙瀧川。

組員們也都默默按照瀧川的指示，不惜弄髒衣袖地揉捏陶土，陸續製作陶盤和陶壺。

這個瞬間，幾乎確定我們這一組能獲得優勝了。

「奇怪？」

我發現稍早之前班長就不見人影。去上廁所了嗎？

✦ ✦ ✦

舉辦宿營活動的森林深處，水上潤葉正和一名女陰陽術師對話，這名陰陽術師身著施有遮蔽行蹤術式的長袍。

「事情就是這樣。」

「原來如此。『黃昏黎明協會』的三名魔術師，為了尋找『妖精種子』潛入旭川了啊。」

「是。彙整現有的資訊後，結果就是這樣。」

向潤葉報告現況的女陰陽術師，是水上家負責旭川周邊調查與管理的術師。

「潛入旭川的魔術師中，有兩名我已經掌握動向，剩下一名行蹤不明。潤葉大人也請多小心。」

「我知道了。謝謝妳收集的資訊。接下來請繼續追蹤已經潛入的魔術師。『妖精種子』的事我會想辦法。」

「遵命。」

女陰陽術師說完便奔往森林中。

「呼——雖然是件麻煩事……還是得努力解決才行。」

潤葉在腦中整理這次事件的頭緒，思考自己應該採取什麼行動。

這次的事件，起因來自英國魔術組織「黃昏黎明協會」的內部分裂。

默默處理人類的危機和衰退，祈願人類有新的發展並繼續繁榮下去的溫和派；消滅加害於人類的神或罪人，祈願人類有新的進化與可能性的強硬派。

對「黃昏黎明協會」這個組織名稱有不同認知的兩大派系之爭，成為這次事件的源頭。

「強硬派偷走溫和派手上的『妖精種子』，交易時強硬派偷到手的『妖精種子』又被不明人士奪走，導致兩大派系都在找『妖精種子』……」

水上家和阿烏爾所屬的溫和派一直都有交情，所以也以溫和派一員的身分幫助搜尋「妖精種子」。

因此，即便是在宿營活動途中，潤葉仍與旭川周邊的術師、妖怪們緊密聯絡，試圖掌握強硬派的動向。

「啊……好累。」

然而，還有另外兩件事讓潤葉感到疲勞。

「雖然說是要讓潤奈和阿烏爾累積經驗……但希望爸爸也能稍微體諒一下我的辛苦啊……」

第一件事是父親的交代。為了讓潤奈和阿烏爾累積經驗，要求潤葉不要積極協助，而是讓兩人解決這次的事件。

因為水上家現任家主水上龍海與阿烏爾的父親「黃昏黎明協會」會長強烈要求，若非萬不得已，希望潤葉率領的術師、妖怪都不要插手。

「判斷什麼時候才叫萬不得已，實在太難了。還有，為什麼結城同學也和這件事有關啊……？」

第二件事就是不知道為什麼，結城幸助也和這件事有關。潤葉和水上家的術師都公開表示不插手，潤奈和阿烏爾便開始行動，試圖自行解決這起事件。因此，幸助和這件事的關聯，只有潤奈和阿烏爾知道。就連幸助讓烏魯誕生，導致這次事件的源頭「妖精種子」消失，潤葉也無從得知。

「雖然已經派出式神去探尋原因，但不知道為什麼失去控制……」

為了調查幸助為什麼和這件事有關，潤葉派出偵查用的式神，打算竊聽幸助等人的對話。

然而，送過去的雀形式神途中便失控不知道飛去哪裡。因為這個謎樣的狀況，導致潤葉無法查清原因。

「我似乎聽到失控前有人說『這隻式神，請先借我一用』……是我想太多了吧。一定是太累了才會這樣……」

潤葉回想在動物園看到的動物們，試圖保持平靜。

全力發揮清晰的思考能力，她決定好下一步該怎麼走了。

「好！那就盡量觀察阿烏爾的動向，同時也掌握結城同學的行蹤，查出他和這件事的關聯。」

潤葉知道「妖精種子」釋放的獨特氣息，只有阿烏爾支配的妖精能夠感應。

因此，潤葉認為只要觀察阿烏爾的動向就能知道「妖精種子」的位置。

「在那之前得努力做好陶器才行。」

對術師和妖怪們下達指令、支援潤奈和阿烏爾、搜尋「妖精種子」並觀察幸助的動向；還有，學校的活動和班長的職責。

水上潤葉。這次不為人知又最辛苦的人就是她了。

✦ ✦ ✦

「到了。我有事要來這裡一趟。」

小黑一行人來到旭川市內的某個深山中。

乍看之下是一片充滿樹木的普通森林，但在小黑、小白和鈴的眼中呈現完全不同的情景。

「好厲害！好漂亮——」

「嘎——」

「嗯，這裡結界還真多啊。」

眼前的森林被好幾層大規模結界包圍。

外側有好幾層擁有趨人和隱蔽功效的結界，內側則有數層擁有防禦和自動修復功能的結界。

這些結界非常巧妙，一般術師無法發現，因為強度高所以就算發現也不可能闖進來。

「因為好幾百年來我一直不停修補、新設結界啊！除了結界之間互相影響之外，也受地脈影響，這裡已經變成連我都無法控制的強大結界區了……」

親手打造眼前光景的和子一臉困擾地回答。

「雖然已經無法控制，不過我還沒看過有人能設這麼強的結界……不對，的確是有一個人能做到。」

「嘎——」

「主人的結界也很厲害喔！」

小黑一行人想起自己的主人能輕鬆使用結合數名高級術師之力也難以打造的「三重結界」。

「我聽到你不是叫做貓神而是小黑就已經猜到，你也選擇了侍奉人類的路對吧。」

和子以悲傷的表情這麼說，她想起過去曾經一起生活的主人。

「和子大人……」

「大姊頭……」

「……」

伊瓦、科洛、賽伊在和子說完時，一起露出悲傷的表情。

和子、伊瓦、科洛、賽伊。

他們都是過去曾經侍奉愛奴青年的妖怪。

「年紀大了，想起往事難免感傷。我本來不是要說這個，而是想跟你聊聊結界守護的東西。」

「結界守護的東西？」

「這裡封印著我們主人打倒的邪神真身。」

「邪神的真身？」

「沒錯。不是像我和你這樣半吊子的存在，而是真正昇華為神的真身。」

「這裡封印著這麼危險的東西嗎？」

小黑被尊為貓神，正因為能夠感受神的領域，更能了解神的絕對性。而且，也明白遭到濫用的危險性。

和子一說這裡封印著邪神真身，小黑便感受到非比尋常的危機感。

「真身缺了頭顱，所以不會動。但是如果被壞人使用一樣很危險。」

和子也非常了解危險性，接著說：

「剛才出現有人干涉結界的反應。之後你們就出現在神居古潭，我以為那是牽制戰術所以才派伊瓦他們過去。」

「剛才他們襲擊我，就是因為這樣啊。」

「嘎——」

「是啊。抱歉。」

小黑和小白都接受和子的道歉。

「既然你們不知道這裡，就表示干涉結界的人不是你們的人對吧？」

「嗯。我對這裡完全沒有印象。應該也不是我們的主人才對。」

因為附近沒有幸助或尼爾、烏魯的氣息，所以小黑否認幸助偶然干涉結界的可能性。

「原來如此。這麼說來，就是你們抵達神居古潭的時候，有人偶然衝撞了結界……」

「嘎——！」

和子說完之前，小白發現陌生的氣息所以發出叫聲。

之後，宛如玻璃破碎的聲音響起，一名紅髮老婦從開了孔的地方出現在結界內。

「嗯？你們是誰？」

紅髮老婦環視周遭，歪著頭問。

「我才想問妳是誰！到底是怎麼突破這個結界……！」

話還沒說完，和子注意到紅髮老婦手上的黑色球體大為吃驚。

「把、把那個還來！」

「才不要。我好不容易才把它剝下來。」

黑色球體表面彷彿照著一層紅黑的血管，一邊脈動一邊反覆收縮舒張。

小黑稍微慢了一拍才發現紅髮老婦手上那顆球的真面目。

「那是邪神的心臟嗎？」

「沒錯。比真身小很多，應該是個小心眼的神吧？」

笑著這麼說的紅髮老婦變換姿態，化為戴著針織鴨舌帽的男子。

「什麼……？」

「這個氣息是……？」

看到這名男子的樣貌後，小黑與和子有股奇妙的感覺。

結城幸助是受到神的幫助、擁有神力後復活的青年。

和子等妖怪的主人獲得山神賦予的力量，是打倒邪神的神居古潭英雄。

他們的氣息和眼前這名男子的氣息相似。

「和子大人，怎麼了？」

「小黑，你臉色不太好喔！」

雖然聽到伊瓦和鈴擔心的聲音，但小黑與和子的視線一直放在針織帽男子身上。

「原來鼎鼎大名的貓神大人和前九尾狐是好朋友啊。這下……情勢有點不妙呢。」

「只是有點不妙？你到底是哪位，少瞧不起人了！」

科洛判斷拿著邪神心臟的男子是敵人，便對他發出漆黑的羽劍。

「原來是把羽毛化為武器的能力啊。不過，對化成這個姿態的我無效喔。」

男子變回剛才那個紅髮老婦的瞬間，飛過去的劍都變回黑色羽毛了。

「這是一位名為芙雷雅的特異功能者。她擁有『無效』的特異功能，只要在範圍內所有術式和特異功能都會變得無效。」

「原來如此，你就是用這個特異功能才破了我的結界，侵入到內部啊。」

和子斜眼看著逐漸自動修復的結界破洞，逕自冷靜分析結界被破的原因。

「答對了。這個特異功能非常方便呢。」

「如果各種能力不管用，那直接打一頓不就得了。」

貫穿地面從背後偷襲的伊瓦，對著紅髮老婦揮拳。

然而，紅髮老婦化為金髮大漢，輕而易舉地承受伊瓦的拳擊。

「這個……好像是名為迪耶斯的『強化』特異功能者。特異功能還真是方便啊。」

「你是擁有模仿能力的特異功能者？」

「不只特異功能，我連術式都能模仿。『爆炎拳』。」

男子一邊回答小黑一邊變化成光頭老人的樣貌，從拳頭釋放爆炎轟飛伊瓦。

「伊瓦，你沒事吧？」

「我沒事。避開致命傷了。」

和子擔心地問，伊瓦按著被燒爛的右臂這樣回答。

「那是火野山家的前任家主啊！」

「答對了。那這個人呢？」

小黑這樣回答之後，男子變化成結城幸助的樣貌。

✦✦✦

上廁所回來的班長也歸隊，大家在默默製作陶器和石器中平安度過第一天的宿營活動。

晚上在「青年之家」的餐廳吃咖哩——

「瀧川哥，是咖哩！」

「嗯，好。」

——在大浴場泡澡——

「瀧川哥，我來幫你擦背！」

「嗯，好……痛痛痛！太用力太用力了啦！」

——我和石田兩個人一邊慰勞瀧川的辛勞，一邊走向分配到的房間。

「我們是二樓的二〇七號房，所以是這裡。」

大家似乎都是同一個房間。

「還頗豪華的嘛！」

「是嗎？我覺得很樸素耶……」

瀧川和石田說出完全相反的感想。

這個房間大概有六個榻榻米大，一個上下鋪加上一張單人床以及三個小小的固定書桌，裝潢非常簡樸。

嗯——說不上豪華，但也不算簡陋。

「好！那就玩大富豪，賭床位吧！還有雙陸棋喔！」

「瀧川，你準備得真周到。」

「這就叫做『有備無患』啊！」

「咦，你說什麼？」

我們無視瀧川的發言，馬上開始玩大富豪。

「牌出完了。」

「我也出完了。」

「可惡——」

結果我第一名，石田第二、瀧川第三。

「我本來想睡上鋪的！」

「呃，我想說上鋪不方便，所以想選單人床耶。」

「我也這麼想，所以想選下鋪。」

「那我可以睡上鋪囉？」

「一「給你給你。」一」

結果賭注毫無意義，我睡單人床，石田睡下鋪，瀧川睡上鋪。

「再玩一次吧！下次……最後一名要說出自己喜歡誰！」

「瀧川，你在巴士上也輸、在這裡也輸，還真有自信啊。」

瀧川耍帥回答我：

「哼，在決勝負之前，心情上先輸不就沒意義了嗎？」

「這不是一直輸的傢伙該講的話吧！」

石田繼續吐槽，我們也繼續玩遊戲。

「嗯？」

玩遊戲時我突然覺得有股異樣。

平常有什麼好玩的事一定會參一腳的烏魯，不知道為什麼很安靜。

『烏魯？』

仔細一看，尼爾呈現出手機形態被我放在桌上，而實體化的烏魯正坐在他身上。

石田和瀧川看不見，所以我透過靈力繩和烏魯說話，免得他們兩個聽見。

『妳在幹嘛？』

『主人，我現在要集中精神，不要跟我講話！』

『啊，抱歉。』

為什麼要生氣啊？

「革命！」

「喔！」

「什麼！」

糟了，瀧川狀況絕佳。總之，先不管尼爾和烏魯，還是專心玩遊戲吧。

✦ ✦ ✦

「收集了……大量……鐵砂。」

旭川市森林裡的青年之家。停車場有一名穿著黑色長袍的少女和不停波動的巨大鐵砂塊。

「這下就能充分使用……『製鐵歷史』了……」

費姆。如她的名字所示，她是操控鐵的魔術師。

她同時擁有只能稍微移動金屬的C級特異功能「金屬操控」，身上則刻著能夠操控鐵的魔術術式「製鐵工廠」。

和艾歐一樣，透過融合術式讓兩者原本無法同時使用的力量共存，費姆能夠使用在範圍內自由操控鐵，加工成完全不同次元的魔術——「製鐵歷史」。

「人偶……精製。」

費姆一說，大量的鐵砂就變成等身大的鐵製人偶。

數量共有兩百隻。每一隻都是擁有高度獨立戰鬥意識的自動人偶。

「製鐵歷史」也可以對已經加工的鐵貫注魔力，不過考量加工方便，她總是愛用地表中蘊含的鐵砂。

「尋找目標……太麻煩了。把人都抓起來……再慢慢找『妖精種子』……就好。」

呼應費姆的心思，鐵製人偶悄悄地往幸助落腳的青年之家前進。

「站住！」

然而，暗夜中出現兩個人影，試圖阻攔鐵製人偶離開。

「妳們自己找上門來，真是幫了我大忙。」

「四周戒備果然是對的。」

「……！」

人影的真面目正是使用精靈術設下巨大偵測結界的阿烏爾和潤奈，她們一發現費姆便立刻趕過來。

「水上家的次女和阿烏爾小姐啊……有點麻煩。」

費姆令前往青年之家的鐵製人偶待命並加強警戒。

「果然是妳們偷走『妖精種子』，費姆！」

阿烏爾高聲說，直直瞪著身穿黑色長袍的費姆。

「她是阿烏爾的朋友？」

「她和我一樣，都是『黃昏黎明協會』的成員。只不過她和我們的想法不同，是強硬派的成員。」

「強硬派就是想殺神的集團對吧？」

「沒錯。他們是抱著危險思想活動的集團。」

阿烏爾一邊回答潤奈的疑惑，一邊悄悄提高自己的魔力。

「才……不是。我們是要……消滅神……帶來人世的不公平。創造……不被

神支配的世界！」

費姆增加灌入鐵人偶中的魔力，轉為備戰狀態。

「看樣子是無法和平解決了。」

「好不容易才找到這個線索，一定要在這裡逮捕她！」

潤奈和阿烏爾也都將魔力灌注到精靈身上，準備使用精靈術。

「『製鐵歷史』！」

費姆搶先出手。將周圍的鐵砂加工製成無數利劍並高速射出。同時，也讓圍繞在潤奈與阿烏爾周邊的人偶朝兩人襲擊。

「蒂妮，『升級水之牆』！」

「桑德、格蘭，『手榴彈射擊』！」

潤奈用激流打造的牆擋下所有鐵劍，阿烏爾則是使用炸裂的雷電和土壤炸彈破壞襲擊而來的人偶。

「接下來就輪到我們出招了。桑德、格蘭，『爆破』！」

「蒂妮，『騎士槍』！」

「可惡……『製鐵歷史』！」

三種屬性的無數長槍襲擊而來，費姆使用鐵砂製成的鐵壁抵擋。

然而，光靠大地中的鐵砂還不足夠，只能從周圍的鐵製人偶身上收集，導致人偶減少至半數。

「阿烏爾小姐的技術……真麻煩。水上家次女的魔力釋放量也是一樣……麻煩。」

原本想給對方致命的一擊，沒想到都被擋下來，而且還遭到減弱攻擊力的反擊，費姆不禁開始說洩氣話。

阿烏爾使用高級的技術，同時驅動兩種屬性的精靈術。潤奈則透過釋放龐大的魔力，讓發動的術式大幅提升威力。

費姆在英國是戰鬥力首屈一指的魔術師，但兩名精靈術師搭檔，實力和費姆不相上下。

「在這樣下去狀態會越來越差……糟糕。」

如同費姆的低語，繼續這樣打下去一定會輸。

費姆在移動到這裡的路上一邊收集鐵砂一邊移動，魔力已經消耗不少。相對而言，精靈術師阿烏爾和潤奈能從大自然汲取魔力，所以拉長對戰時間對她們更有利。

「只能速戰速決了……」

費姆把魔力集中在剩下一百隻的鐵製人偶上。同時，在每隻人偶中纏繞混入黑土的鐵砂。

「用周圍的土壤合成人偶嗎？」

「合成……難道是！」

一樣使用土屬性魔術的阿烏爾，從眼前的光景看穿費姆的意圖。

「就算妳發現……也已經太遲了。去吧！」

「可惡，『手榴彈射擊』！」

阿烏爾像剛才一樣對抗人偶，人偶的身體只要有一部分缺損就能馬上再生。

「蒂妮，『水之牆升級』！」

潤奈驚訝於人偶的強度明顯和剛才不同，但仍然使用激流之牆來阻擋人偶前進。

「怎麼回事？人偶明顯比剛才更強了吧？」

「應該是使用地下的碳和鐵以一定比例結合製作出鋼鐵了。再加上她應該也增加了魔力的灌注量。」

「真是精采的絕技。所以人偶的動作和持久度、再生速度都和剛才完全不同了。」

潤奈一邊用激流之牆抵擋鋼鐵人偶，一邊露出僵硬的表情這麼說。

「能夠同時強化一百隻人偶的技術令人難以想像，這必定需要相應的魔力。我想費姆一定也在逞強。」

如同阿烏爾的分析，同時強化一百隻人偶讓費姆的魔力消耗了一半。

另外，由於操控太過精密的魔力，導致短時間內只能維持鋼鐵人偶，這也讓費姆飽受精神壓力。

雖然阿烏爾和潤奈還沒發現，但她們能否撐過這一百隻人偶的攻擊將會是這場戰鬥勝負的關鍵。

「去吧……！」

「『升級水之牆』！」

「『爆破』！」

潤奈牽制從各個方向攻來的鋼鐵人偶，由阿烏爾迎擊。無視魔力消耗量、威力強大的精靈術雖然漸漸讓鋼鐵人偶減少，但攻勢仍然沒有衰減。

「再這樣下去就糟了。蒂妮，『升級水之牆』！『騎士槍』！」

「如果能使用『黃金巨兵』的話應該還能撐過去，但現在已經沒時間建構術式了。桑德，『爆破』！格蘭，『手榴彈射擊』！」

在勢均力敵的情況下，進攻的鋼鐵人偶漸漸減少，費姆不慌不忙地持續觀察現狀。接著——

「起舞吧……『製鐵歷史』！」

——她悄悄發動魔術。

「什麼？」

「鐵砂開始飛起來了！」

現在的費姆，專注力只能用在製作新的鋼鐵人偶和鐵劍。然而，只讓分散的鐵砂飛起來的話輕輕鬆鬆就能做到。

「視野變差了！」

「我用水來洗淨周遭……阿烏爾！危險！」

在短兵相接足以致命的激烈攻防中，費姆只看準這一瞬間。

以鐵砂遮蔽敵人視線的同時，灌注更多魔力提升鋼鐵人偶的機動性並發動特攻。

「贏了……」

鋼鐵人偶的鐵拳接近目標阿烏爾時，費姆就確定自己會獲勝。

鐵塊衝擊到某個物體的重擊聲響徹青年之家的停車場。

「……？」

然而，解除鐵砂遮蔽視線後，費姆眼前的光景和自己預料的相反。

「為什麼……我的人偶會互相攻擊呢……？」

費姆下令執行特攻任務的鋼鐵人偶和其他鋼鐵人偶互毆。

阿烏爾和潤奈也沒想到會出現這種狀況，費姆露出和她們驚訝的表情看著這些鋼鐵人偶。

「藍色的麻雀……式神？」

此時，費姆發現鋼鐵人偶的頭上有一隻藍色的麻雀式神，當下便了解狀況並驚訝地皺起臉。

「難道是……奪走我的操控權？」

剝奪操控權。

這是強行連接魔力繩，奪取他人式神或人偶操控權的高級技巧。

費姆所屬的「黃昏黎明協會」裡也有能夠使用相同技巧的術師，但她從來沒有見過能以這個速度剝奪操控權的術師。

「淡藍色的雀形式神……那是水上家的術式……難道……」

費姆看到把靈力繩連結到鐵製人偶身上的麻雀式神，馬上就發現術師的真面目。

看見這隻面熟的式神後，潤奈也同時確定那名術師是誰。

「這是姊姊的式神！不過，剝奪操控權的技巧，我從沒看姊姊用過……到底是怎麼回事？」

「雖然搞不懂現在的狀況，總之得救了。」

阿烏爾和潤奈判斷藍色麻雀式神的術師大概不是敵人便稍稍卸下警戒，但仍然保持距離窺探對方的動向。

「雖然很麻煩……但下一個對手……就是妳了。」

費姆瞪著被奪走操控權的鋼鐵人偶喃喃自語。

「那我就來試試……水上家下一任家主的實力。」

脫離操控的一隻鋼鐵人偶與仍然在操控下的五十隻鋼鐵人偶。

具有壓倒性戰力差距的戰役已然開始。

✦ ✦ ✦

「呵呵呵。那就請最後一名的石田發表自己喜歡的人囉！」

沒想到大戰最後，瀧川竟然打贏石田獲得第二名的寶座。

順帶一提，我是第一名。可能是我想太多，不過神讓我重生之後，我好像便得擅長跟運氣有關的遊戲。

「在意的女生也可以喔～」

不知道是不是贏了太開心，瀧川一副要整人就趁現在的樣子催促石田。

「我沒有在意的女生，但是有喜歡的人。就算我把名字說出來，你大概也不認識。」

「「咦，還真的有啊？」」

我還以為他只顧著讀書，對戀愛沒興趣。瀧川似乎也和我有相同的想法，所以一樣驚訝。

「順帶一提，她比我大三歲，所以現在是大一。」

「「比你大？」」

不只不同年級，還不是高中生，而是大學生？是大姊姊？

「而且，我們已經在交往了。你們可能覺得我太心急，不過我們約定好要結婚。」

「「交、交往……結婚？結婚？」」

這天我們震驚到幾乎忘了遊戲的結果，我和瀧川心裡都想著同一件事。
石田……已經是大人了。

✦ ✦ ✦

「這個身體還真是方便！可以隨便使用陰陽術、結界術、特異功能等各種技能啊！」
變身成幸助的男子一邊融解地面一邊釋放散炎彈，和小黑一行人拉開距離。
「才不會放過你！大家快幫我！」
「可惡！吃我這一招！」
賽伊操縱動物的屍體圍住男子，令他無處可逃，科洛的羽翼化成利劍從天而降。
「沒用的。」
男子瞄了一眼襲擊而來的劍，冷靜地發動特異功能。
他用「強化」加快神經傳達速度，以超高速閃躲從天而降的漆黑羽劍。再用手刀放出「飛行斬擊」讓包圍在四周的死屍毫無作用。

「是主人的外表！」

「嘎嘎——嘎。」

鈴和小白沒有錯過對方閃躲後出現的些微空隙，也隨之發動攻擊。

「這可是『三重結界』喔。」

然而，男子對鈴和小白的攻擊無動於衷，他以三重結界反彈飛行斬擊和衝擊波。

「嗯……」

小黑啟動重現「感知」特異功能的「模擬．感知」分析男子的樣貌。

「他的招數精度和威力似乎比主人差……而且看起來不像主人那樣擁有深不見底的靈力。」

「我以前的主人也是這樣。如果他真的擁有無窮盡的靈力，那就麻煩了。」

小黑身邊的和子也冷靜分析眼前的光景。

他們兩個沒發現有一個人從背後靠近。

「這還真是有趣。如果你們說的都是真的，那你們的主人可能和我們是同族呢。」

「「！！」」

聽到這個聲音，兩人立刻拉開距離。接著，交互看著以幸助的樣貌戰鬥的男子，以及從背後襲來的變身前的男子。

「為什麼會有兩個人？」

「這世界上也有能製造分身的特異功能喔。」

男子得意洋洋地回答和子的疑問。

「話說回來，我還沒自我介紹。在下克洛姆，表面上是隸屬『黃昏黎明協會』的變身魔術師。」

「表面上？」

小黑對自稱克洛姆的男子提出疑問。

「沒錯。變身魔術師只是我的假身分。我真正的身分是被神選中，擁有特殊力量的神之使徒！」

「看樣子……他不像是在說謊。」

聽克洛姆說這些話的同時，小黑以「模擬・感知」的能力確認真偽。

「如果你說的是真的，那就更讓人搞不懂了。你的能力到底是什麼？到底想做什麼？」

和子一邊觀察奪回邪神心臟的時機一邊問克洛姆。

「在下的能力嗎？神明護持的能力就像我現在展現的一樣。我可以使用所有變身者的招式和能力。」

「護持……？」

「沒錯。這是只有受神明愛護的人才能使用的異次元能力。順帶一提，在下獲得的護持能力叫做『千變護持』。很帥氣吧！」

在對話中，發現小黑視線的和子默默搖了搖頭。

因為「受神明愛護的人」這個關鍵字，令小黑想到和子的主人可能也曾受神明護持，所以用眼神向和子確認。然而，和子和小黑一樣，都不知道「護持」的力量。

「再來就是——目的對吧。在下的目的很單純，就是『好玩』。」

看克洛姆淡然地回答自己的能力和目的，小黑與和子雖然感到毛骨悚然但仍繼續對話。

「你說……好玩？」

「沒錯。我想邪神的心臟再加上目前發生的問題應該會很有趣，所以才來偷走的。而且像這樣告訴各位在下的計畫，也是因為覺得這樣會更好玩。」

「竟然只因為這麼無聊的原因就……『千針結界』！」

邪神心臟被奪令和子震怒，她朝克洛姆釋放無數宛如細針般的結界。

「結界的針啊，差一點就……喔！」

「『模擬．融解』。」

小黑配合和子的攻擊，發動仿照「融解」的「模擬．融解」，讓克洛姆的立足點液化。小黑一邊等待方才放出的結界落到對方身上，一邊變回金獅子的模樣。

「我用近身戰解決他。」

「我知道了。」

克洛姆變身為紅髮女性，雖然讓和子的攻擊以及「模擬．融解」都失去效用，但腿還是埋在地裡。小黑趁隙開始近身戰，打算解決對手。

「看樣子只能玩到這裡了。」

然而，克洛姆留下這句話，便毫不抵抗地任由結界的細針貫穿身體。

原本以為對方會抵禦攻擊的小黑與和子，茫然地看著始料未及的光景。

「小黑，你看，我打倒他了！」

「和子大人！我打敗敵人了！」

聽到鈴和伊瓦的聲音，小黑與和子回過頭一看，發現以幸助樣貌戰鬥的克洛姆分身倒地不起，慢慢變成土壤。

「怎麼會！」

小黑與和子馬上轉回正面，被結界貫穿的克洛姆也變成土壤了。

「可惡，被擺了一道！」

得知在這裡的兩個克洛姆都是分身，小黑與和子便知道本尊已經帶著邪神的心臟逃脫了。

「連我的『模擬・感知』都沒有反應。他大概是用某種特異功能或術法隱身了。」

「原來如此……雖然可能沒什麼用，但我會盡力搜索。伊瓦！去聯絡我們合作的保全公司。我們要打開包圍網了！」

「遵命！」

伊瓦從懷裡拿出智慧型手機，聯絡和子公司旗下的保全公司。

「嗯……」

和子過去鎮守神居古潭一帶，一直被尊為山神。

小黑對和子與過去完全不同的經營者樣貌感到困惑，但仍透過「模擬・感知」持續戒備四周。

✦ ✦ ✦

「妖精種子」。

這顆種子會誕生最適合使用者的妖精，而種子有兩個特徵。

第一個是會誕生最適合使用者屬性的妖精。

適合火的術師就會誕生火之妖精，擁有多個屬性的術師也會誕生擁有多個屬性的妖精。

第二個特徵是會誕生和使用者體質或特性相似的妖精。

擅長結界術的術師會誕生對結界術有興趣的妖精，擅長操作魔力的術師也會誕生擅長操作魔力的妖精。

從「妖精種子」誕生的精靈烏魯就非常明顯地呈現出這些特徵。

『我開始囉！三重結界！』

神仙強化過的超強學習能力。

烏魯也完全承繼。

烏魯可以單獨施展幸助用過的所有術式。

『我也會這個喔──散炎彈！』

尼爾雖然驚訝烏魯能夠使用術式，但仍透過靈力繩把術式傳送到人偶身上。

『接著請開啟結界。』

『OK！三重結界！』

自我中心的烏魯從大自然汲取龐大的魔力，傾注到尼爾身上，配合指示釋放「三重結界」和「散炎彈」等術式。

「你們從剛剛開始就在忙什麼？」

他們兩個都在幸助房間的書桌上。

✦
✦
✦

將近五十隻鋼鐵人偶，已經有半數以上變成鐵砂。

費姆無法接受眼前的現實，只是愣愣地站在原地。

「為什麼會這樣……」

事情從被奪走操控權的一隻鋼鐵人偶開始。

那隻人偶用令人目瞪口呆的格鬥術打倒其他幾隻鋼鐵人偶，但它們畢竟只是擁有相同性能傀儡。雖然損失了幾隻鋼鐵人偶，但費姆靠多數暴力漸漸占了上風。

然而，就在戰鬥進入中盤之後。發生了難以置信的現象。

「為什麼……人偶會使用術式？」

人偶突然開始打開結界保護自己。不僅如此，隨著戰鬥越演越烈，人偶的手開始釋放散炎彈，甚至連飛行斬擊都能使用。

「我第一次看到用人偶施展術式！」

「雖然理論上可行，但實際上真的能這樣做嗎？而且，那不是『三重結界』嗎？」

不只費姆，就連阿烏爾和潤奈都對這個光景感到驚訝。

「不只奪走操控權……還能透過魔力繩展開術式……怎麼可能。」

費姆喃喃自語，為對方術師的實力感到吃驚。

光是奪走操控權的技巧，就能證明對方是擅長魔力操縱的高級術師。除此之外，還能透過纖細的魔力繩，讓操控性和感官不同於自身肉體的人偶發動術式，這是擁有瘋狂魔力操控技術的人才能做到的神技。

「怪物……」

雖然對超越常人的神技感到困惑，但費姆再度驅使「製鐵歷史」。

於是，剩下的鋼鐵人偶和周圍的鐵砂聚集成一個巨大的鐵塊，幻化為巨大的人偶。

「我……要認真攻擊了！」

費姆透過魔力繩，對巨大人偶下達指令。

「打敗他們！」

等同大型汽車的雙拳聽從費姆的命令，朝鋼鐵人偶揮去。

（這次攻擊應該也會被閃過……但是，絕對不能讓它逃走。）

費姆從之前人偶的動作就知道這點程度的攻擊不會有用，但她仍用肉眼幾乎看不見的無數細鋼絲纏繞著巨大人偶的雙拳。

就算對方能躲過揮拳攻擊，也會被細鋼絲妨礙行動。

「這是……什麼？」

然而，結果出乎費姆的意料。

「被拳頭……打碎了？」

費姆本來以為這點程度的攻擊沒辦法解決對方，但看到眼前的景象不禁倒吸一口氣。

鋼鐵人偶毫不抵抗地被巨大的鐵拳擊碎。

「為什麼？」

「這是怎麼回事？」

看到毫不抵抗地被摧毀的鋼鐵人偶，阿烏爾和潤奈也覺得疑惑。然而，這個疑惑馬上就獲得解答。

『你走了一步壞棋啊！』

「！？」

在那之後，有個聲音透過連結巨大人偶的魔力繩傳到費姆的腦海裡。

「……不會吧！」

費姆瞬間理解「壞棋」的意義，試圖對巨大人偶下達指令的時候，已經太遲了。

「奪走……操控權……」

在巨大人偶的雙拳襲擊而至時，鋼鐵人偶的魔力繩轉移到巨大人偶的身上並奪走了操控權。

被奪走操控權的巨大人偶，靜靜地俯視費姆。

「我……輸了……」

費姆收集幻化成長袍的鐵砂並漸漸壓縮。

「我……就先撤退了……」

費姆越過巨大人偶瞪著術師，釋放壓縮過後處於高溫狀態的鐵漿。地面上的些許水分對赤紅色的高溫鐵漿產生反應，發出爆炸聲並引發小規模的水蒸氣爆炸。

噴發的水蒸氣遮蔽了巨大人偶的視線，達到隱藏費姆的煙霧效果。

「水上潤葉……我下次不會再輸給妳了。」

費姆留下這句話便揚長而去。

『？』為什麼最後提到水上潤葉？

尼爾疑惑地透過巨大人偶看著阿烏爾和潤奈。

（怎麼辦……要是不好好說明，反而會很麻煩啊……）

尼爾稍微煩惱了一下，便默默地整理停車場的鐵砂，也解除了和巨大人偶的連結。

✦
✦
✦

「青年之家」一樓的部分區域和二樓都是住宿樓層，一樓其餘的空間是能容納所有參加宿營者的大講堂和餐廳。

早上七點。我慢吞吞地做好準備，為參加朝會前往講堂，發現阿烏爾和潤奈一直在偷瞄班長。

「班長早安。發生什麼事了嗎？」

「結城同學早安。我也不知道……問她們原因，她們也不告訴我。」

班長回答時一副很困擾的樣子。

從旁看來應該是尊敬的眼神，所以應該不是吵架。

總之，放著不管應該沒關係。

「大家早安。」

我和班長打過招呼後也和大家問好，在講堂聽完老師們的精神喊話，第二天的宿營活動就開始了。

第二天是延續昨天下午的野外求生活動，在那之前各組會一起吃早餐。

朝會後往餐廳移動，一邊打哈欠一邊吃早餐。

「好想睡……」

結果，昨晚幾乎沒睡。因為我們晚上一邊提防老師巡夜，一邊玩瀧川帶來的桌遊玩到深夜。

不過，我只是頭腦有點昏沉，身體完全沒有異常。應該也是神仙強化了我的身體才有這樣的效果吧。

真是感恩再感恩。

「話說回來，大家聽說了嗎？昨晚，停車場出現黑亮的巨人喔！」

吃早餐的時候，瀧川一臉興奮地這樣說。

「黑亮的巨人？」

「對啊，昨天晚上有人打開窗戶看風景。那傢伙不經意地往停車場方向看，發現那個黑亮的巨人正在整理停車場的碎石！」

什麼跟什麼啊？真是無厘頭的都市傳說。

「應該是做夢了吧。這未免也太無厘頭了。」

「好啦好啦，瀧川一大早就活力充沛呢～」

「可是俗話說無風不起浪啊。等一下我們就去停車場看看！」

石田和相原同學想帶過這個話題，但瀧川還是興致勃勃。

「巨人什麼的只是想太多而已啦！與其去停車場一探究竟，不如專心在活動上！」

「就是說啊！絕對不可能有什麼巨人啦！」

「咦，啊，好啦……」

不知道為什麼潤奈和阿烏爾極力否定，瀧川敗下陣來，開始默默吃早餐。

✦ ✦ ✦

從「青年之家」往森林走一段路有一個無人山莊。

山莊中的一個房間裡，一名妖豔的長髮女子和身穿黑色長袍的少女正認真地談話。

「費姆。沒想到連妳都被撂倒了。」

「……我徹底輸了。連一點贏的機會……都沒有。」

費姆低聲說。艾歐雖然對費姆強行出擊失敗感到失望，但也驚訝於對方術師的實力竟然能打倒她。

「水上家的下一任家主竟然如此實力堅強，我太小看她了。本來以為五代陰陽一族中，水上家最不擅長戰鬥，看來是我搞錯了。」

「我不知道水上家其他術師如何……不過，水上潤葉……是個怪物。」

費姆回想昨夜襲擊時的光景，不禁渾身顫慄。

就結論而言，昨晚的戰鬥是連水上潤葉的影子都沒看到就單方面被打倒了。

光憑戰鬥力來說，在英國魔術師中實力屬於頂級的費姆都因這一戰而心服口服。

「我的術式被結城幸助破解，而水上潤葉又擁有能打倒妳的戰鬥力……這下無計可施了。」

艾歐整理現況，了解自己已經完全敗北。

雖然抓走和結城幸助親近的學生當人質或許能改變現況，但目前無法判斷屆時水上潤奈和阿烏爾會有什麼行動。

再說，這麼做就會打破盡量不讓一般人得知術師存在的不成文規矩。

「我們強硬派輸了。如果結城幸助擁有『妖精種子』，應該會透過阿烏爾大人回到溫和派的手上。雖然短期內戒備會比較森嚴，但應該還有機會可以奪回來。」

「不對不對，一旦放棄，比賽就結束了。現在應該要立刻從結城幸助下手才對！」

「「！？」」

突然出現的克洛姆讓兩人大吃一驚。

「克洛姆，你到底是從哪裡冒出來……先不說這個，你到底跑去哪又做了什麼啊？你不在的時候，我們……」

「好了好了，冷靜一點。」

艾歐雖然驚訝但嘴巴也沒停下來，克洛姆把一顆黑色球體塞進她胸口。

「『製鐵歷史』！」

費姆立刻發動「製鐵歷史」，用鐵砂鎖鏈鎖住克洛姆。

「嗚、呃……」

「你對艾歐……做了什麼？」

艾歐被黑色球體伸出紅黑色宿管狀的東西纏繞住，看上去很痛苦，費姆焦急地質問克洛姆。

「快點說清楚……要是不好好答……」

蘊含殺氣的魔力不自覺地縮緊纏繞克洛姆的鎖鏈。

「嗚呃，好難受。妳不用這麼做我也會好好說明。我只是把昨天撿到的邪神心臟移植到她身上而已。這樣她就能使用更強大的魔力了。不過……」

「不過……？」

「她會被邪神之力侵略心神，最後死去。只能撐一天。」

「我殺了你！」

費姆全力束緊鐵砂鎖鏈，將克洛姆捏碎。然而，碎裂的克洛姆一一變成了土壤。

「分身……？」

費姆從沒見過克洛姆施展模擬別人樣貌以外的術式，所以對眼前的現象感到驚訝。

『沒錯。那是分身！比起我，妳不是更應該注意艾歐大人的狀況嗎？』

不知道從哪裡傳來克洛姆的聲音，費姆雖然湧現怒意，但還是回頭看向艾歐。邪神心臟伸出的血管包圍著艾歐，幻化成一件黑色洋裝。

「我要向神復仇……」

「艾歐……？」

艾歐像在說夢話似地說出危險話，讓費姆感到一絲恐懼。同時也感受到內在的魔力，正在變化成某種異質的東西。

『太好了。看樣子她會大鬧一場。』

「『製鐵歷史』！」

費姆無法從聲音的方向確認克洛姆的位置，只好在不傷到艾歐的前提下，操縱鐵砂摧毀山莊以及周邊地區。

『沒用的。我早就不在附近了。比起這個，妳不是應該想辦法去救艾歐大人嗎？』

「可惡……艾歐！停下來！」

費姆叫住踩著山莊碎片往「青年之家」前進的艾歐。

「費姆，別攔我……『妳就在這待命』。」

「！？」

艾歐說完這句話之後，費姆發現自己無法控制自己的身體。

「這是……『愚者大軍』？」

費姆得知自己中的魔術後，不禁感到困惑。

本來，「愚者大軍」這個魔術只對思考能力低的對象有效。而且，缺點是對擁有大量魔力的人效果更弱。

思考能力不低又擁有大量魔力的費姆，一般而言不會受「愚者大軍」影響。

「這到底是……為什麼……？」

『哎呀哎呀，實在太精采了。』

像是在回答費姆的疑問似地，克洛姆以輕快的語氣接著說話。

『愚者大軍已經進化到更高次元了。沒想到竟然能變成如此強大的術式！』

「『閉嘴』。」

『呃……』

原本開朗說話的克洛姆，無法違抗艾歐的命令只能噤聲。

「如此一來就沒有礙事的人了。」

因為邪神心臟的影響，艾歐失去目標，像是被什麼吸引似地悠然朝青年之家前進。

✦✦✦

第二天中午過後，生存遊戲只剩下幾個小時了。

「好了，完成。」

瀧川用樹枝和藤蔓組合出簡易的帳篷。

「好強！」

「好厲害喔！」

我和班長以及其他組員都對瀧川的技能表現驚訝連連。

如果是平常的瀧川，他一定會嚷嚷「崇拜我吧！稱讚我吧！」然後得意忘形，但是現在表情卻很黯淡。
「搭好帳篷了啊！好厲害喔！可是……」
「之前得獎的組別搭了小木屋。」
負責偵查和收集材料的阿烏爾和潤奈說出嚴峻的現狀。
因為瀧川的戶外知識，第一天我們班獨占舞台……但第二天開始，情況就變得很詭譎。
「果然，他們似乎開始合作了。」
「他們好像在老師看不到的地方互相幫忙收集材料或製作道具。」
接著，去探查狀況的石田和相原同學也帶回許多資訊。
看樣子和我們這一組對決的「水上、潤奈、阿烏爾粉絲聯盟」正在背地裡暗中合作。
聯盟的四個組別成果不算太好，但明顯只有一組進度跟其他人完全不同。
「他們收集了大量的樹枝和藤蔓，也做了很多陶器和石器。明顯超過七個外行人的操作量。」
石田冷靜地分析。
老師們可能有發現這個狀況，但沒有明確證據，而且當初沒有規定不能跨組合作，所以也不能說什麼。

即便瀧川擁有相關知識，但還是沒辦法彌補五倍人數的差距。

「我還是去警告他們一下好了。這樣太狡猾了。」

「我也去。這樣不公平！」

「妳們兩個都等一下……沒問題啦……」

生氣的潤奈和阿烏爾準備去向對方抗議，瀧川阻止了她們。

「班長，收集食物也能算分數吧？」

「嗯。這次協助活動的當地獵人會判斷可食野菜或菇類，然後給分數。」

「我知道了。」

聽班長這樣說，瀧川慢慢起身。

「瀧川，剛才是怎麼了？」

「……我啊，超討厭跟爺爺一起野外求生。每次都超級辛苦，而且我沒開玩笑，真的差點死掉耶。」

聽他說，那些都是超乎想像的壯烈回憶。在山中走好幾天，用昆蟲或蛇果腹，被山豬追著跑，甚至還遇過熊。瀧川平常如此開朗，很難想像他有這樣的過去。

「不過，也因為這樣，我對野外求生很有自信，絕對不會輸給其他人。就算有人數差異，我也相信不會輸……」

瀧川這樣喃喃自語，用作好覺悟的表情看著森林深處。

「那我去去就回。」

瀧川手上拿著石斧和藤蔓向前跑。

「「STOP！！」」

「啥！」

我和石田馬上就按住瀧川。

「STOP！STOP！暴力是不對的！」

「對啊！雖然我也不爽他們的做法，但是如果訴諸暴力那不是就賠了夫人又折兵。」

「咦，什麼？暴力？哈！」

我們按住瀧川聽他解釋，他只是想做陷阱捕條河魚而已。

「誤會你了，真是抱歉。」

「對不起。」

我還以為他要把粉絲聯盟那些傢伙綁起來。

「那……我走了。」

「好。」

「小心點。」

瀧川拍拍剛才被壓制時沾到的泥土，便走往森林深處。

「那我們也來做自己能做的事吧！」

「「好！」」

總之，先上個廁所休息一下吧。

✦✦✦

「哇！煙好大！」

「嘎嘎——嘎！」

鈴和小白趴在車窗上，看見巨大的煙囪冒出白煙，眼睛都亮了起來。

「那是製紙工廠的煙。因為很顯眼，所以算是旭川的知名景點之一。」

和子駕駛黑亮的高級進口車，對後座的鈴和小白說明外面的景色。

「這台車也是妳的嗎？」

小黑安坐在蓬鬆柔軟的副駕駛座，對正在開車的和子這樣問。

「當然是我的。我也有駕照喔。」

「看到妳這個樣子，讓我開始重新思考妖怪的存在方式呢。」

「不管是妖怪還是什麼，存在方式都會隨時間改變啊。就像你也選擇侍奉人類這條路一樣。」

「嗯，妳說得沒錯。」

現在小黑一行人為了和幸助會合，正在前往舉辦宿營活動的「青年之家」。

昨天戰鬥後，小黑等人在和子經營的飯店過了一夜，決定與和子陣營一起去搜索克洛姆。

對方單槍匹馬就能和小黑一行人打成平手。放著這麼危險的人不管，很有可能會傷及幸助。在這樣的判斷之下，小黑等人決定前往「青年之家」。

順帶一提，伊瓦指揮保全隊伍在旭川市周邊張開包圍網，科洛則在空中搜索。賽伊操控老鼠和貓的死屍在市內搜查，所以不在現場。

「那就盡快跟你們的主人會合吧。克洛姆說不定已經到了。」

「嗯。尼爾還沒傳出緊急聯絡的消息，應該是沒有問題，但是有點令人擔心啊。」

幸助還不知道，如果遇到需要小黑等人幫助的危急時刻，尼爾會透過網路侵入小黑身邊的電子機器，發出求救信號。

就算在沒有訊號的地區，尼爾也能拉出靈力繩取代天線，只要不是蠻荒之地或電波完全被切斷的密室，尼爾都能連上網路。

「雖然伊瓦的穿透和賽伊的死屍操控都是很神奇的能力，但你的夥伴的確也是不簡單啊。」

「這一點我無話可說。」

小白能操控震動、鈴的斬擊、尼爾的電腦支配……了解他們能力的小黑笑著這樣回答。

「好了，我們差不多要進入森林了。如果沒什麼意外的話，不到三十分鐘就到了。」

「嗯。為了準備戰鬥剛剛就一直在保存體力，現在就先用『模擬・感知』來……？」

「嘎——？」

發動能力後，小黑和小白發現有什麼東西高速往這裡靠近。

「和子，停車。有人來了。」

「知道了。『清澄結界』！」

和子把車停在路邊，釋放出摺紙大小的無數結界。

幾近透明的結界擁有令人難以察覺的特質，對阻礙、妨礙行動有優越的效果。因此，和子的基本戰術是在不知道對方是敵是友的情況下，先設下這個結界。

「請等一等，和子大人！我不是敵人！」

「哎呀，好久不見。」

過了一會兒，森林中衝出身穿灰色長袍的女性。對方似乎認識和子，但小黑等人不認識，所以沒有解除警戒，慎重地看著對方的動向。

「妳是常駐旭川的水上家術師吧。為什麼會在這裡？」

「事情有點複雜……現在水上家術師和英國魔術組織的成員一起在森林周邊戒備。」

「看樣子的確很複雜。」

「是。我除了來向您說明情形之外，還想問和子大人駕臨的原因，所以才會來到這裡。」

「這樣啊。或許妳們的事和我們的目的有相通的部分，我們願意交換資訊。但在那之前，我可以問幾個問題嗎？」

親眼見證克洛姆變身的能力之後，和子慎重地確認眼前的女子是她認識的那個人之後才開始交換情報。

✦✦✦

在野外求生範圍的森林邊緣，葛西蒼司拚命摩擦樹枝。

「麻煩死了。只要用『寒熱』生個火輕而易舉。」

「你怎麼可以偷懶。做這種事不就被別人知道你是特異功能者了嗎？好了，快點動手做事。」

「好啦好啦！」

被身旁的燈訓斥之後，蒼司繼續摩擦乾燥的樹枝。

「姊姊、蒼司，我收集了樹枝和藤蔓。」

「「「我回來了。」」」

「喔，回來啦。」

「霞和大家都辛苦了。」

霞率領組員抱著木材和藤蔓回到兩人身邊。

這裡離青年之家有段距離，但資源豐富不太需要和其他組別爭搶，蒼司這一組從第一天就把這裡當作據點。

組員多是不良少年和國中部的不良少女，都是以蒼司為首的小混混。燈為了避免和其他組別起糾紛，所以選擇了這裡。

「哎……結城哥他們那一組在哪裡了。我好想去看看。」

「你去也只會妨礙人家。好了，快努力生火。」

「努力生火吧！」

「可惡……」

在燈和霞的鼓勵之下，蒼司默默摩擦樹木。

「姊姊……」

「嗯？霞，怎麼了？」

「森林深處有異樣。」

其中，霞最先發現森林深處的異樣。

「我沒有感覺到什麼，不過霞的直覺很準。」

「我聽到一點腳步聲。的確像是有人往這裡靠近。喂，你們先回青年之家

……啊？」

蒼司相信霞的直覺，打算讓其他組員先逃。不過，遲了一步。

「喂，你們！喂！」

兩名不良少年和兩名國中部的不良少女，用空洞的眼神看著森林深處。

組員對蒼司說的話一點反應都沒有。

「這下糟了。」

「嗯，明顯不是正常狀況。」

燈和蒼司這樣低語之後，森林中的草木突然動了起來，像是在歡迎那個奇異存在似地敞開道路。

「哎呀，還是有人感受到我的存在，仍能保持清醒啊。」

「『賦予』！」

一名女子穿著不祥的漆黑洋裝。

看到她的一瞬間，燈對蒼司和霞發動自己的特異功能。

「呃……！」

燈感到重度倦怠，仍努力保持清醒。

提升他人身體機能的特異功能「賦予」。

等級C的燈發動「賦予」通常只對一個人有效。然而，在之前和特異功能組織戰鬥時，燈成功使用超越極限的賦予，在每天訓練之下終於能夠保持清醒對兩個人發動賦予。

「燈，謝了。接下來交給我。」

「姊姊就休息吧。」

不過，她只能勉強維持清醒，幾乎沒有體力活動。

為了隱藏虛弱的燈，蒼司朝身穿黑色洋裝的女子走去。

「原來如此，你們是特異功能者啊。只要讓人感受到我的存在，大家就會臣服於我，但對特異功能者行不通呢……」

「妳在說什麼廢話！是妳把我們的組員變成這樣的吧？快點解除！」

蒼司發動「寒熱」讓身邊的地面和草木凍結，同時對身穿漆黑洋裝的艾歐這麼說。

「寒熱」是操縱溫度的特異功能，但沒有任何準備無法釋放熱能。只能透過吸收周圍的溫度暫時累積，才能釋放熱能。

「真是有趣的特異功能。就讓我暖身一下好了。『打倒他們』。」

艾歐對周圍的草木下達指令。結果藤蔓和樹枝開始延伸，一起身朝蒼司和霞的方向襲擊。

「操控植物的特異功能？」

「霞，燈和大家就交給妳了！……『寒熱』！」

在「賦予」強化下的霞，輕而易舉地拖走呆愣的組員退到蒼司身後。最後扛起燈，和其他組員一起避難。

蒼司確認所有人都退下之後，釋放熱波燒毀襲擊而來的樹枝和藤蔓。

「呼……『寒熱』。」

蒼司再度讓周邊凍結，為下一次攻擊累積熱量。

「強化他人能力和蓄熱並釋放熱能的特異功能啊？真有趣。那這樣呢？『打倒他們』。」

艾歐對著蒼司的腳邊下達指令，地面隆起並伸出無數的土壤手臂襲擊蒼司。

「可惡，『寒熱』！」

蒼司釋放熱能之後奪走熱量，透過劇烈的溫差一一破壞土壤手臂。

「呵呵呵，越來越有趣了。」

「可惡啊！『寒熱』！」

因為受「賦予」強化過，「寒熱」的強度相當於等級B。再加上每天鍛鍊學習到的溫度控制，艾歐的攻擊並沒有傷到蒼司。

然而——

「呵呵，啊哈，啊哈哈哈哈哈哈哈！」

「呃……！」

——艾歐的猛攻並未停止。

土壤變成手臂，碎石變成飛鏢，葉片化為利刃，樹木化為槍砲，一一朝蒼司襲來。

（這是什麼特異功能？）

艾歐加強攻擊力道，蒼司已經無法完全閃避，身上的傷越來越多。

「『結合』！」

霞對艾歐操控的植物和地面發動「結合」的特異功能。

「咦？動作突然變慢了呢。」

艾歐對原本聽命於自己的草木動作突然變得遲緩感到疑惑。

「結合」不只能組合事物，也能暫時提升原本的結合能力。

霞透過提升視線內地面和植物的結合能力，阻止艾歐的攻擊。

「我見過很多特異功能者，但像妳們這樣的特異功能我還是第一次看到。真的很有趣呢。呵呵呵。」

然而，艾歐一點也不焦急，馬上再度展開攻擊。速度雖然慢了許多，但招數沒有改變。仍然對蒼司釋放植物和土石的無數攻擊。

「可惡……」

蒼司已經超越體能極限，只能無計可施地看著無數的攻擊襲來。

「蒼司啊！」

「蒼司！」

霞和燈悲痛的叫聲迴盪在空中，但三人預料的結果並沒有降臨。突然出現的水之障壁包圍蒼司，擋下艾歐的所有攻擊。

「這到底是怎麼回事？」

「這句話是我要說的吧。為什麼葛西君和霞同學、燈同學在和那個魔術師戰鬥？」

無法理解狀況的蒼司身邊，出現一樣搞不清楚狀況但仍釋放水之障壁的水上潤葉。

「妳是姊姊的同學對吧？妳們也是術師嗎？」

「我感覺到不同於術式的力量。非常不可思議。」

潤奈和阿烏爾跟在潤葉之後，也到現場會合。兩人也無法理解狀況，在困惑之中對蒼司等人和艾歐都保持戒備。

「雖然有很多令人在意的地方，不過詳情之後再說。現在得先想想該怎麼對付眼前的對手。」

「我也有同感。」

雖然對蒼司等人和魔術師對戰感到疑惑，但潤葉決定先專注在眼前的敵人身上。

潤奈和阿烏爾配合潤葉的決定，也集中精神對付艾歐。

特異功能者和術師站在同一陣線的激鬥，悄悄拉開序幕。

✦ ✦ ✦

蒼司一行人和艾歐戰鬥時產生的樹木開始騷動。

騷動間接讓艾歐的存在擴大，連野外求生會場的森林都產生異變。

「這到底是……」

從廁所回來之後，宿營的場地被寂靜包圍。

現場並非空無一人，而是大家都停止動作，愣愣地站在原地。

「石田！相原同學！」

從剛才就呼喚他們兩個人的名字也搖晃身體，但都沒有反應。

「周圍的人好像都變成這樣了。有點恐怖耶。」

「老師們也一樣。不只人類，連動物和昆蟲都陷入類似的狀態。」

烏魯騎在我的頭上，尼爾從休閒服的口袋探出頭來環視周遭。

「尼爾和烏魯都沒事嗎？」

「完全沒事啊！」

「我也沒事。」

我和尼爾、烏魯都沒事，或許表示這個現象對擁有特殊能力的人無效。

「話說回來，班長去哪裡了？連潤奈和阿烏爾都不在。」

如果我的想法沒錯，身為術師的班長等人應該沒事才對。然而，環視周邊並沒有看到她們。

「森林深處的方向有那幾個女孩身邊妖精的氣息！」

「原來如此。也就是說班長她們到森林深處去了。」

沒辦法了。雖然很擔心班長，但必須先了解這個現象的原因。

「……」

「主人，這是在做什麼？」

我直直盯著石田空洞的眼神。

尼爾和烏魯用奇怪的眼神看著我，但我毫不在意繼續盯著石田。

「咦？」

好奇怪。如果是特異功能或術式，以我的學習能力應該可以了解其中的原理才對。

運氣好的話，甚至還能學起來……但我一直盯著石田的眼睛，也沒得到什麼資訊。

「這是怎麼回事？」

不只石田和相原同學，我也盯著其他學生看……但還是一無所獲。

「主人好下流喔——」

「我來整理能夠理解主人興趣的資訊。請等我一下。」

「不是不是不是！不是啦！尼爾也不用想辦法理解啦！」

他們好像對我有很嚴重的誤會，只好對他們說明，這樣盯著看可以發動類似解析術的能力。

「太好了，我還以為主人在這種狀況下還在享受！」

怎麼可能啊。

「對不起。是我誤會了。那已經知道原因了嗎？」

「不，還是不知道……」

難道不是特異功能或術式之類的東西嗎？

還是說，這是學習能力也沒辦法解析的力量……如果出現難以想像的敵人就太恐怖了。還是先做好準備，以防萬一吧。

「雖然沒什麼時間，但我可以練習一下精靈術嗎？我想嘗試一個東西。」

「精靈術嗎？」

「完全沒問題啊！」

「那就，『水刀』。」

稍微試了一下在大通公園和潤奈、阿烏爾對戰時看到的精靈術。

我試著製作土壤刀刃和水槍，但破壞力太強沒辦法控制。往空中釋放之後，雲就被劈開了。

「果然，有烏魯在術式的威力就會太強，很危險啊。」

「等一下，是我的問題喔？」

「我有個提議，主人可以在用靈力繩和我連結的狀態下使用術式嗎？」

「嗯？藉由尼爾發動術式嗎？」

我用靈力繩連結尼爾，尼爾用靈力繩連結烏魯。在這樣的狀態下，試著發動和剛才一樣的精靈術。結果——

「哇喔，可以控制耶！」

「尼爾寶好厲害！」

——成功以低輸出的能量使用精靈術。

尼爾寶？

「如果有我介入調整魔力的量，就能調節術式的釋放。」

「原來如此。抱歉，那我想要現在就用剛才的精靈術做出這樣的東西，可以辦到嗎？」

我在地上畫圖向尼爾說明，並且詢問他的意見。

「有點難，但我想應該可以。」

「喔喔！既然如此，可以試試看嗎？如果能做出來，一定會成為強而有力的王牌。」

「這個是王牌……嗎？」

我對尼爾說明效果之後，他凍結了一下。烏魯好像也難以置信的樣子，不停眨眼睛。

「可以的話我想先把它做好。只要有這個，無論對方是什麼樣的怪物都能解決。」

「說得也是。如果主人說得沒錯，的確會是強而有力的王牌。」

「應該是說可以遊刃有餘地打倒所有敵人吧！快點做、快點做！」

「那我先練習一下，然後再往樹木騷動的方向走吧。班長她們也朝那裡前進，或許問題就出在那裡。」

雖然沒什麼時間，但我決定和認真的尼爾、毫無危機意識的烏魯一起，稍微練習一下精靈術。

✦ ✦ ✦

「艾歐，妳為什麼要做這種事？」

「這種事……嗎？」

「沒錯。不暴露身分、默默支持這個世界是魔術師的使命。而妳竟然捲入這麼多應該被守護的一般人，到底在做什麼！」

對艾歐採取錯誤的魔術師行為，阿烏爾顯得很憤怒。然而，艾歐的表情依然平和、毫無變化。

「阿烏爾大人，如果買了新的化妝品，難道不會想盡快試看看嗎？」

「？」

「買了新的衣服，不會想要趕快穿看看嗎？買了飾品，不會想要趕快戴看看嗎？」

「妳、妳到底在說什麼……？」

阿烏爾對突如其來的問題感到難以言喻的恐懼，稍微向後退了一步。身邊的潤葉和潤奈也覺得恐怖，馬上對艾歐加強戒備。

「我會想快點用用看、穿穿看、戴戴看。就像這種感覺一樣，獲得新的力量之後，也會想大肆宣揚一番啊。」

「……妳到底是誰？真的是艾歐嗎？」

「黃昏黎明協會」雖然分成溫和派和強硬派等不同派別，但阿烏爾仍然曾和艾歐交談過幾次。

艾歐的樣子和當時的印象差很多，所以阿烏爾才會這麼問。

「我是艾歐？我……為了復仇獲得力量……大肆宣揚我的力量……不是我的目的。我是誰？我的目的……目的……」

「蒂妮！『水之牆』！」

周遭的樹木像是要保護崩壞痛苦的艾歐似地，突然朝阿烏爾等人攻擊。

雖然潤奈用水之障壁擋了下來，但攻擊彷彿在呼應艾歐痛苦的哀鳴變得越來越激烈。

「阿烏爾，快切換術式。現在最好專注在戰鬥上！『水之牆』！」

「我、我知道了。格蘭，『水之牆』！」

潤奈的話讓阿烏爾重振精神，一一擋下樹木的攻擊。

「這魔術還真是厲害。不必唱誦就能操縱周圍的樹木和土壤……水、槍、擊、『連水槍』！」

潤葉找到縫隙釋放水槍，但就算瞄準艾歐的死角發動攻擊也會被土牆擋掉。

「有姊姊在太好了。只靠我和阿烏爾絕對沒辦法守住。」

「對不起。之後我再跟妳們解釋，其實我本來應該在變成這樣之前就出手幫忙的。」

潤葉對潤奈這樣說明並陸續發動陰陽術。

「潤葉她們好厲害喔。」

「那是特異功能……嗎？」

霞等人並不知道陰陽術和魔術的存在，所以對眼前的光景感到驚訝。

「雖然不知道怎麼回事，但我也來幫忙，『寒熱』！」

「謝謝你！」

「多謝相助！」

此時，稍微恢復體力的蒼司發動特異功能燒毀襲擊而來的樹木，幫忙潤葉等人防守。

「這樣一來我們就能反擊了。桑德，『曝光射擊』！」

原本負責防禦的阿烏爾也加入攻擊的行列，讓艾歐打造的土壤防禦牆漸漸崩塌。

然而，遲遲沒有對艾歐使出關鍵的一擊，狀態變得越來越差。

「葛西同學、潤奈，可以給我一點時間嗎？」

「我也想要一點時間。」

「大概要多久？」

「十分鐘……不，三分鐘就夠了。」

「我也是！」

「我知道了。『寒熱』！」

「我也來幫忙。蒂妮，『水之牆』！」

儘管蒼司還沒理清狀況，但看到潤葉和阿烏爾認真的表情，決定盡全力幫她們拖延時間。

潤奈也一起幫忙，使得無數的藤蔓和術葉飛刃無法傷到潤葉和阿烏爾。

「還沒好？」

「還要再一下子！」

「我已經完成了！」

唱誦結束的潤葉和阿烏爾舉起手，在空中聚集了龐大的魔力。

「『無上．龍王顯現』！」

「『無上．黃金巨兵』！」

盤成一圈的龍王和閃耀黃金光芒的骸骨巨兵伴隨扭曲的空間出現。

「這是什麼東西？」

「咦、咦！這是什麼？」

「好像怪獸電影。」

蒼司一行人看到這個光景，瞬間忘記疲憊驚訝地瞪大眼睛。

「沒時間了。龍王，拜託祢了！」

「黃金巨兵，上吧！」

在兩人的命令下，龍王的尾巴和巨兵的雙拳紛紛朝抱著頭痛苦不堪的艾歐身上襲擊。保護艾歐的樹木和土壤防護牆輕易被擊碎，大量塵土飛起。

「喂喂，下手太狠了吧……」

「沒事。我們沒打算傷她。」

「我們沒擊中她。」

如兩人所說，毫髮無傷的艾歐在塵土散去後站起身。為了不傷到艾歐，龍王之尾和巨兵的雙拳落在稍遠一點的地面上。

「現狀是我們占優勢，妳乖乖投降吧……」

「『聽我號令』。」

艾歐打斷阿烏爾擅自插話，這句話輕而易舉地顛覆了戰況。

直到剛才還聽命於潤葉和阿烏爾的龍王和巨兵，瞬間就被艾歐支配。

「只說一句話就奪走操控權……」

潤葉一臉驚訝地看著變成敵人的龍王和巨兵。

「呵呵呵，我是誰根本不重要。我只要為目標前進就好。」

在龍王和巨兵的攻擊下醒過來的艾歐，以判若兩人的爽朗表情對潤葉等人這麼說。

「為了感謝你們讓我醒來，這是讓你們不受折磨的最後禮物。『睡吧』！」

「桑德！『爆破射擊』！」

阿烏爾對地面釋放破裂的雷彈，讓周圍產生爆炸聲。

阿烏爾知道艾歐曾使用支配術式，而且現在用的是高級版，所以試圖用爆炸聲掩蓋指令，妨礙艾歐施展術式。

「這個判斷很好。不過，好像慢了一步。」

在阿烏爾身邊的潤奈因為爆炸聲而得救，但潤葉、蒼司、燈、霞四個人都當場倒地，陷入深沉的睡眠。

「只要我不解除指令，他們就永遠都無法醒過來。當然，我也不打算解除命令。」

「妳對姊姊做了什麼！蒂妮！『爆破』！」

潤奈氣得釋放水槍，但被巨兵用手擋下，水槍根本沒有碰到艾歐。

「如果可以的話，我不想用野蠻的手段，但也沒辦法。龍王、黃金巨兵，去吧！」

聽從艾歐的指令，龍王向前衝刺，巨兵也揮拳攻擊潤奈和阿烏爾。

「蒂妮，『升級水之牆』！」

「潤奈！」

為了保護發動「無上．黃金巨兵」後精力和體力都到達極限的阿烏爾，潤奈使盡全力釋放激流之牆。

「哎呀，真棒。」

「呃……！」

潤奈用盡全力打造的激流之牆，強度是平常的數倍，成功抵擋龍王和巨兵的攻擊。

不過，維持不到數秒，這道牆就被攻破，龍王和巨兵的攻擊朝阿烏爾和潤奈炸裂。

「直到最後都很有趣呢。」

艾歐覺得此暫告一段落，對著揚起的塵土喃喃自語。

「好危險，差點來不及。」

然而，塵埃落定之後，出現出乎艾歐意料的光景。

✦ ✦ ✦

「雖然不清楚狀況，但幸好趕上了。」

「結城同學！」

「是結城同學！」

為保護阿烏爾和潤奈而施展「三重結界」，阻止骸骨巨人和龍王的攻擊，真的是千鈞一髮。

因為尼爾控制得當，我順利發動平常用的「三重結界」，但第一層已經碎裂，第二層也開始龜裂。看樣子沒辦法抵禦連續攻擊了。

「話說回來，這到底是什麼狀況？我知道班長在這裡，但為什麼連蒼司他們都……大家都平安無事嗎？」

『生命跡象正常。只是都睡著了。』

『喔喔，尼爾謝謝你。』

尼爾的診斷結果應該沒錯。雖然不知道蒼司他們為什麼參戰，但看這個情形應該是和眼前這個黑洋裝對戰之後被催眠了。參加宿營活動的同學都變得呆愣，問題大概就出在這個傢伙身上。如果是干涉精神方面的能力就麻煩了。

「你就是結城幸助對吧。」

「咦？對，是我沒錯……」

黑洋裝女子突然向我搭話。我們應該是初次見面，還是以前見過？我覺得我應該不認識穿著這種華麗黑洋裝的人。

「我真的很感謝你。因為你妨礙了我的計畫，所以才讓我擁有這樣的能力。我就讓你安眠，當作回禮吧。『睡吧』！」

「「結城同學！」」

兩人用絕望的表情看著我。

說不定會有可怕的攻擊出現。我提高戒備，保持隨時能發動三重結界的狀態全力備戰。

「咦？」

「「咦？」」

「咦，什麼？」

不只阿烏爾和潤奈，連黑洋裝都一臉不可思議的樣子。

「你重聽嗎？『趴下』！」

「不，我聽得到，只是不想照做……」

叫我趴下是哪招啊。剛才這裡才打鬥過，地上到處濕答答的。更讓人敬而遠之。

「我的命令對你無效……？」

「不是啊，一般人本來就不會聽從陌生人的命令吧？」

黑洋裝不知道為什麼陷入恐慌，我想還是趁現在確保班長他們的安全好了。

「『玩具』。人偶們，把這個貼在班長他們身上，再把大家集合在一起。」

我把偷偷帶在身上的「替身符」交給用「玩具」做出來的土人偶，命令它們把符咒貼在班長等人身上，並且集結到阿烏爾和潤奈附近。

「為防萬一，妳們兩個也貼上吧。」

「這是什麼？」

「這不是替身符嗎！」

阿烏爾似乎不知道，這就交給潤奈說明好了。

我從家裡帶過來的「替身符」有十一張。班長他們四人和不良少年四人，再加上阿烏爾、潤奈和我剛好用完。尼爾和烏魯平時身上就有一張，所以沒問題。

原本想說如果被瀧川發現一定會被調侃，所以我帶來的量不多，真是失策。

「罷了，這樣我就能心無旁鶩地對戰了。」

我打開包圍大家的三重結界，集中精神應付眼前的黑色洋裝。

土人偶也都在結界裡。萬一結界被破，土人偶會保護班長他們。

「命令無效的話就沒辦法了。龍王、黃金巨兵，打倒他。」

「『融解』！『三重結界』！」

我用「融解」的特異功能融化骸骨巨人腳下的土地，讓它失去平衡，再用「四重結界」防止龍的進攻。

「總算是擋下對方的第一擊了。」

「雖然先打倒術師會比較輕鬆，但這個狀況應該要先打倒巨人和龍。」

「沒問題沒問題！我們是三對三，總會有辦法的！」

三對三啊，是指我、尼爾、烏魯VS.黑洋裝、龍、巨人嗎？

外觀上的戰力差距實在很大啊。

「啊，我們也用同一招，派一條龍出來不就好了。」

我已經學會「無上・黃金巨兵」，「無上・龍王顯現」剛才也學到了。

「唸咒唸咒……哇！」

「主人躲得好啊！」

本來想唱誦咒語，結果木槍飛來只好中斷。

只要透過烏魯就可以省略符咒或唱誦咒語的步驟直接使用術式，但有「無上」字樣的這兩個術式似乎另當別論。

就算唸得夠快，也需要兩分鐘左右。這個空隙太大了。

「放棄好了。『玩具』！」

「我也來幫忙。」

我做出兩隻和巨人一樣的巨大土人偶，由尼爾連結靈力繩操作。

「瞬間就做出這麼大的人偶，好厲害！」

「簡直是怪獸對決啊。」

應該是機器人對決。

尼爾的操控技術很好，但土人偶的表面漸漸被削落。龍和巨人的持久力和破壞力都好太多了。感覺撐不久。

「尼爾，大概可以撐多久？」

「非常抱歉。大概只能撐幾分鐘。」

「那就夠了。『散炎彈』！」

託烏魯的福，現在不必在手臂或腿上寫術式也能發動散炎彈。

只有散炎彈這招不用靠尼爾調節威力。我在腳底發動「散炎彈」，藉此高速接近黑洋裝。

「抓住他！」

「『炎燒燃壁』、『炎燒燃壁』！『散炎彈』、『散炎彈』！」

我用炎壁防禦從周圍襲擊而來的樹枝槍和藤鞭，再用散炎彈躲過從地上冒出來的土牆和礫石飛鏢。

剛開始我還以為對方擁有干涉精神之類的能力，但看樣子是操控大自然的能力。不對，或許她兩種都有。絕對不能大意。

「可惡，龍王、黃金巨兵！」

「才不會讓妳得逞！」

龍和巨人瞄準我，但被尼爾操控的巨人一個擒抱，紛紛消失在森林深處。

「聽、『聽我號令』！」

「不要！」

我衝到黑洋裝眼前，握緊拳頭。

我出拳時對方身體閃避，但這種外行的閃躲方式逃不過我的法眼。

目標是下巴。像是輕輕撫過般地揮拳出擊！

的下巴。

「男女平等拳！」

搞定！我本來以為搞定了……咦？這是什麼觸感？橡膠輪胎？

仔細一看，我的拳頭被肉眼看不見的某個動東西組織，並沒有集中黑色洋裝

「剛才的命令不是對你說，而是對周圍的空氣。」

「空氣牆？未免也太猛了吧？」

就在我這樣低語之後，旋即被暴風吹走，撞上保護班長等人的三重結界。

好痛。比起身體，烏魯緊抓頭髮的地方更痛。

「主人，沒事吧？」

「嗯，有替身符受傷很快就會好。烏魯和尼爾沒事吧？」

「我抓著主人的頭髮所以沒事！但是拔了幾根……」

「這傢伙……」

「主人，我也沒事。但是土人偶已經被破壞了。」

「真的假的。」

地面一陣搖晃，龍和骸骨巨人回來了。

這下回到原點了啊。不對，我已經用了絕招也發動了替身符，狀況變得更

糟了。

「結城同學，我來爭取時間。你趁隙帶著大家逃走。」

「我不能丟下阿烏爾一個人。我也留下。而且這場戰鬥本來就應該是由我和阿烏爾處理。所以就交給我們吧。」

「嗯……妳們兩個有什麼能打贏對方的計畫嗎？」

「沒有，但我可以爭取時間！」

「我的魔力已經稍微恢復，不會那麼輕易被打倒！」

阿烏爾和潤奈在結界裡說得慷慨激昂，但我可沒辦法答應。

應該是說，我竟然讓她們兩個人打算拚死一搏……該好好反省了。

「抱歉。我沒問題，接下來會認真打。」

還是不要再繼續這種讓她們不安的打法了。得趕快解決回去參加宿營活動。

「尼爾、烏魯，開始吧。」

「了解。」

「呵呵呵，看來是要亮王牌了！」

外觀由我塑形，烏魯從大自然收集龐大的魔力，尼爾負責控制。

剛才練習的時候只能撐大約三分鐘，不過這樣就夠了。

「龍王！黃金巨兵！阻止他！」

發現不對勁的黑洋裝慌慌張張地下達命令。還真聰明。不過慢了一步。

龍尾和巨人的拳頭襲擊而來時，我已經慢慢揮動手上現形的小刀。

「『神之小刀』。」

刀鋒劃過龍尾和拳頭的瞬間，龍和骸骨巨人化成碎片散去。

✦✦✦

居住在倫敦郊外的一名少女。

母親早亡，父親外出工作偶爾才會回家。儘管如此，她並沒有因此而不幸。

在小小公寓的房間裡，她和沉默寡言的妹妹一起生活。雖然經濟困窘，無法過著奢侈的生活，但仍然很幸福。

這位少女非常重視父親的教誨。

『神明隨時都在守護我們。所以必須堂堂正正地生活。』

少女遵從父親的教誨，堂堂正正地過日子。她相信，神明隨時都在守護自己。

少女人品佳、長得又端正，是當地非常受歡迎的孩子。妹妹也很尊敬姊姊，兩個人過著和睦幸福的日子。

少女十五歲的時候，有一名青年向她告白。

對方是當地知名財閥的大少爺，但惡評不斷。

對戀愛還十分生疏的少女，誠實地告訴對方自己的心意，拒絕了青年的告白。

在那之後沒多久，發生一起事件。

少女回家之後，發現妹妹被殺死了。

妹妹身上有很多遭受暴力的痕跡，總是笑臉盈盈的妹妹，表情顯得絕望而扭曲。

少女展開調查。她動用所有門路、手段查出兇手。

發現犯人就是向自己告白的那名青年以及他的友人，甚至還有自己的爸爸。

實際犯罪的雖然是那名青年和同夥，但出售少女資訊幫助犯罪的人卻是自己的親生父親。而且，他們的目標原本不是妹妹，而是少女自己。

少女大聲疾呼，應該以法律制裁犯人。然而，青年們並沒有被問罪，妹妹的死淪為一場意外。親生父親的證詞，就是讓青年們無罪的有力證據。

少女想要擁有力量。讓犯人得到正確制裁的力量。

妹妹的死，讓少女的「催眠」特異功能覺醒。然而，這點程度還不夠。

在那之後過了十年。

忍受艱辛的訓練和實驗，她終於擁有「愚者大軍」的力量。

她驅使這股力量，成功對犯罪的青年和他的友人復仇。當然，她也把出賣自己情報的父親送上黃泉路。

「為了擺脫貧困需要錢，沒想到妹妹會因此而死。」她聽到父親的辯解，仍然沒有動搖決心。

「我已經累了。」

原本預計最後只要害妹妹死去的自己也消失，她的復仇之路就可以劃下句點。

「真的這樣就結束了嗎？」

然而，有個存在這樣對她說。

「還有妳該復仇的對象喔！」

「復仇的對象？」

少女這樣問，那個存在笑著回答。

「那個對象就是神啊！」

她不記得那個向她搭話的存在長什麼樣子、外貌如何。

然而，很不可思議地，她下定決心。

「說得也是。如果神明本來應該要守護我們的話，我必須向拋棄我們的神明復仇才行。」

她現在仍然遵從著這份決心活著。在沒有發現這份決心被某個人扭曲的狀態下……

✦ ✦ ✦

「神之小刀」。

似乎是能夠剝除一切事物和概念的神器……

我沒想到這樣的東西會展示在市營的博物館裡，所以數度透過學習能力確認過，一定是這樣沒錯。

「話說回來，這威力還真是驚人。」

只是刀鋒劃過而已，龍和骸骨巨人瞬間就被奪走所有魔力，整個崩解了。

這骷髏出比四重結界還要恐怖的氛圍。

「那到底是什麼……？」

「大概是博物館的展示品吧。」

我這樣回答驚訝的黑洋裝，一邊全力衝刺拉近距離。

「神之小刀」是應用阿烏爾和潤奈使用的「水刀」、「騎士槍」等精靈術打造的，但非常難以控制。

因此，我沒有餘裕同時使用其他的術式和特異功能。只能在沒有「強化」和「散炎彈」的狀況下，單純以衝刺的方式接近對方。

「喔喔喔喔喔喔！」

「別過來、別過來！」

樹枝槍、石頭飛鏢、空氣牆阻擋了我的去路，但「神之小刀」都一一劈開了。

「沒有時間了。剩下兩分鐘。」

「頭好痛！身體好燙！」

尼爾告訴我「神之小刀」距離崩壞還有多少時間。真的沒時間了。烏魯似乎也已經撐到極限。

「可惡，只差一點了！」

感覺黑洋裝女子胸前的黑球就是力量的來源。我試著靠近，但樹木和石頭的猛攻以及空氣牆超乎想像地難以應付，完全無法靠近。

原本以為只要解決龍和骸骨巨人就大勢底定，我太天真了。

「剩下一分鐘。」

「那就捨棄防禦。尼爾、烏魯，躲到我的頭後面！」

尼爾和烏魯拉著我的頭髮，躲在後腦勺。

不管那些飛來的木槍和石頭飛鏢，只顧著劈開空氣牆前進。

「絕對不能把這股力量交給你！我還要用這股力量，向神復仇！」

黑洋裝一邊後退一邊操控大自然的力量攻擊我。

「呃啊啊！」

左臂被擊中、右腿也被深深削去一塊肉，但馬上就再長出來了。然而，失去效用的替身符破破爛爛地散開了。

「可惡……」

在這個狀態下如果出現致命傷，我就必死無疑。死亡很恐怖，真的很恐怖。

那種失落感、絕望感，我比任何人更明白死亡的恐怖。不過，也正因為如此我更要前進。如果我逃走，身後的班長他們應該會被殺死……可是，死掉真的很恐怖！

「啊，不管了！去吧！」

這時候不能腿軟。也不能猶豫，否則必死無疑。和黑洋裝之間的距離不到兩公尺。只要再往前踏一步刀鋒就能刺到對方了。一定能贏！大家都不會死！

「還沒結束，我的復仇，還沒結束！『燒死他』！」

「！！？」

我心裡湧現前所未有的死亡預感。接著突然往右跌了出去。

仔細一看，剛才戰力的地面呈現火紅色，而且正在融化。

「熔岩？好燙……痛死了！」

我移開視線往腳邊一看，發現大腿中段已經碳化，再往下的部分都消失了。

「還不到最後關頭！」

「主人，打起精神來！」

聽到後腦勺傳來尼爾和烏魯的聲音，我才回神。

對了，右腿還沒事，只要用右腿跳過去靠近對方……就在這個時候，左腿開始再生。

「剩下二十秒！」

「主人加油！」

頸後傳來兩次貼上什麼東西的觸感。應該是在我失去左腿之前，尼爾和烏魯把自己身上的替身符貼到我身上了吧。

「謝謝你們。」

我一邊向尼爾和烏魯道謝，一邊全力衝向黑色洋裝。

「燒毀他！」

「我才不要！」

那些熱能的真面目應該是光線。她大概是操控光，釋放高溫射線。黑洋裝的周圍浮現好幾個乒乓球大小的黑點。應該是吸收光線所以看起來才會黑黑的。天然雷射光啊！太狡猾了吧！

「沒關係。我有兩張替身符，只要強攻就能靠近！」

「剩下十秒！」

「只要刀鋒劃過就好了！」

「才不會讓你得逞。我的復仇還沒結束！」

我任由射線燒灼身體持續前進，但黑洋裝一邊後退一邊用空氣牆阻擋。再這樣下去就糟了，身體能撐住，但沒時間了！

「呵呵呵，看樣子是我贏……呀！」

「咦？」

本來以為來不及，結果黑洋裝後退時被藤蔓纏住，跌了一跤。

「有空隙！」

因為她突然跌倒，空氣牆和射線消失，我毫不留情地揮動「神之小刀」。

「剝除所有邪惡的東西吧！」我一邊這麼想，一邊把刀刃抵向黑洋裝胸前的黑色球體。

「我的力量！我的……復仇？」

黑洋裝操控的光和空氣煙消雲散，周邊被刺眼的光芒和暴風包圍。

我被暴風吹走，放鬆之後意識也漸漸消失。

「嗚呃……」

在完全失去意識前，我覺得好像有什麼小石頭滾進嘴裡。噁，真慘……

✦ ✦ ✦

「好陌生的天花板。」

玩笑話先放一邊，我醒來之後發現自己在一個像病房的房間裡。

「放心吧。這裡是青年之家的醫務室。」

「小黑！」

黑貓模式的小黑坐在床邊的椅子上。不只小黑，小白、鈴、尼爾、烏魯也在。除了小黑以外的人，都擠在旁邊的床上熟睡。

「你怎麼會在這裡？」

「發生很多事啊……」

一問之下，好像是鈴硬要見我一面，所以一行人從札幌趕過來。結果被捲入一些事，直到剛剛才終於會合。

順帶一提，小黑好像是從水上家的術師那裡打聽到我這裡發生什麼事。雖然我沒發現，不過水上家的術師為戒備這次事件而潛伏在周遭。

然而，他們在事件結束後，在高度戒備的狀態下慎重進入森林，所以沒有趕上戰鬥。

身為拿命和對方戰鬥的人，實在很想說：你們到底在幹嘛！

「話說回來，我身上休閒服是新的，是小黑幫我修補好的嗎？」

「那是水上家術師準備的東西。他們把你運來這裡，還編了一些謊不讓老師們起疑，也悄悄把我們帶過來這個房間。」

「這樣啊。」

剛剛還想說這些傢伙到底在做什麼，真是抱歉。

看樣子應該可以透過潤奈傳話，之後再向他們表達謝意吧。

「學生和老師們怎麼樣了？野外求生活動呢？」

「大家都沒事。你打倒這次事件的幕後黑手之後，中招的人都恢復正常了。畢竟也才過了三十分鐘，所以沒人發現有問題，野外求生活動也照常繼續。」

「照常繼續……什麼！」

我看向時鐘，已經傍晚六點。早就過了野外求生活動的截止時間了。

「糟糕，怎麼辦！」

「嗯？怎麼了嗎？」

「野外求生活動會透過各種評價決定每組的排名，可是我們和某一組競爭，還打了個賭……」

「打賭？那種學生之間的口頭約定很好搞定……比起這個，你打倒的敵人更厲害吧？」

「我打倒的人，是指那個黑洋裝嗎？」

的確，現在回想起來，的確是很難以想像的強大對手。能夠操控巨龍和阿烏爾的骸骨巨人、周圍的大自然，最後連光都能掌控。連學習能力都沒辦法解析，感覺和以前交過手的人完全不同次元。

「儘管如此，現在還是野外求生比較重要。我想要好好感受自己拚命守護的東西。」

我好像說了一句很帥氣的話。

「原來如此，的確是這樣。你說得沒錯。」

小黑也毫不猶豫地認同我。有點不好意思呢。

嗯，可能我這樣說太過和平主義，不過比起那個被打倒的對象是什麼樣的存在，對我來說安穩的日常更重要。

「既然如此，那你就趕快回去參加那個什麼野外求生吧。鈴見到你已經滿足了。我們稍微幫忙善後就回家。」

「善後？」

「我們要幫忙找東西，還有移送犯人。我想就算我們不在也能辦好，但為防萬一還是先留下。明天應該就能回去了。」

「我也是預計明天回去，在家就能見面了。你們回家的時候小心點。」

「你也是。」

我摸了摸熟睡的鈴和小白，為了不吵醒尼爾和烏魯，輕輕把他們放進休閒服的口袋才離開房間。

是說，原來尼爾也需要睡覺。

「啊，話說回來，我打倒的黑洋裝小姐沒事吧？」

「嗯，看起來沒事。」

「這樣啊，太好了。那我走了。」

我小跑步前往大家應該都在的講堂。

「你實在太溫柔了……」

小黑好像說了什麼，但應該是我的錯覺吧。

✦ ✦ ✦

「真是……不好玩。」

克洛姆一邊從樹上俯瞰被「水上家」、「黃昏黎明協會」術師們帶走的艾歐和費姆一邊喃喃自語。

「艾歐大人的洗腦似乎被解除，丟了『妖精種子』，邪神的心臟也下落不明。在下也沒辦法再回到黃昏黎明協會。罷了，這些小事隨他去。」

克洛姆提到的這些東西，對「黃昏黎明協會」、「水上家」、管理邪神封印的和子等人來說非常重要。然而，他並不認為這些有什麼問題。

比起這個，眼前的事實更讓他不爽。那就是——

「——獲得邪神力量的艾歐大人發動『命令』對在下有效。但是，對結城幸助竟然無效……」

克洛姆無法反抗艾歐「閉嘴」的命令，所以當時處於無法發聲的狀態。因此，他隱藏身影悄悄觀察幸助和艾歐的對戰。

當時，克洛姆看到幸助違抗艾歐的命令，所以感到很不爽。

「原本以為他和我一樣都是得到神明護持的神之使徒……但他擁有抵抗邪神的力量。或許是在下的想法有誤吧。」

又或許是什麼機緣巧合讓他能夠抵抗邪神。不過，如果他真的是能夠抵抗神力的為之存在，那和他敵對時可能會變成大麻煩。

想到這裡，克洛姆移開視線、轉換心情。

「反正，他如果擋了在下的路，到時候再全力出擊就好。」

克洛姆看著夕陽喃喃自語，悄悄消失在越來越昏暗的森林中。

✦ ✦ ✦

一到講堂，現場正在發表野外求生的名次並頒獎。

的樣子。我只能匆匆忙忙地加入自己那一組的隊伍。

我似乎被安排成因為貧血在廁所前昏倒，所以講堂內的老師們都一副很擔心

「喔，我們組長復活啦。」

「已經可以活動了嗎？」

「沒問題，我平安復活了！」

回到組上，相原同學和石田很高興我平安無事。

「結城同學，那個……謝謝你。」

「真的很感謝你。」

「謝謝你！」

班長、潤奈、阿烏爾看著前方這樣低語。

她們應該還有很多話想說吧。三個人都一副坐立難安的樣子。不過，這並不是能在這個場合談論的事，所以她們沒再多說什麼。

「嗯？」

我感受到熱切的視線，所以往旁邊瞄了一眼，發現蒼司以景仰的眼神看著我。我不打算回應，所以就當作沒看到。

「咦？瀧川呢？」

「因為結城同學不在，所以他代表我們這一組上台了。」

聽到班長這樣說，我往前看發現瀧川正走上講堂的舞台。好像只有前三名的代表才會被叫到台上。也就是說，我們這一組有前三名。

「啊……」

不過，瀧川旁邊站著粉絲聯盟的代表人。

按我最後看到的狀況，粉絲聯盟做了很多比我們這一組分數更高的建造物和道具。而且，野外求生後半段又少了熟睡的我。

「我們輸了……嗎？」

粉絲聯盟有好幾組一起合作，輸了也是沒辦法的事。對方做法狡猾，我就抱怨幾句，當作當初沒下過賭注好了。就這樣吧。

「最後，第一名是E班第一組。」

「感謝您！」

發表的名次結果，第三名是我不認識的組別。第二名是粉絲聯盟。第一名是我們E班第一組。怎麼回事？

「話說回來，結城還不知道。快到結束時間時，瀧川拖了一隻野豬回來。」

「野豬！」

一問之下，原來瀧川去捕河魚、採山菜的時候，用藤蔓做了簡易陷阱。本來覺得應該不會抓到東西，結果在活動結束前，去拆陷阱時發現有野豬上鉤，所以成功捕獲獵物。

史無前例的狀況讓老師們感到困惑，學生也一陣啞然，來幫忙的獵人們也都很驚訝。

結果，在狩獵期間外而且沒有狩獵許可的狀態下捕獲的獵物，由獵人們全體出動送回森林，瀧川也被老師們教訓說做得太過火。不過，這項技能值得列入評分，所以獲得特別分數。我們這組就以突出的成績奪得第一名。

「童軍……還真厲害。」

不，單純是瀧川很厲害。沒想到他能用藤蔓抓到野豬。

「聽他說另一個陷阱也有中獵物的痕跡，如果早一點去，說不定又能抓到一隻野豬。」

聽到石田這樣說，突然腦海裡浮現那個光景。

「你知道陷阱長什麼樣子嗎？」

「嗯？好像是這樣吧。」

石田在手邊的講義上畫了簡單的圖形。

這下沒錯了。黑色洋裝跌倒時的藤蔓，就是瀧川設的陷阱！

「喔，幸助復活啦！耶，我們拿到優勝！」

拿著第一名獎狀的瀧川……不，是瀧川哥回來了。

「瀧川哥，非常感謝您。能獲得優勝都是託您的福。」

「咦，喔，好。好好尊敬我吧！」

之後，我有一段時間都對瀧川說敬語，但是他覺得噁心所以馬上就放棄了。

好，瀧川很喜歡超自然那類的消息，要是發現什麼就告訴他當作回禮好了。

嗯？是說，我自己就是超自然結合體啊！好，還是算了。用別的方式回報他好了。

「瀧川，你要是有什麼麻煩馬上告訴我。我一定幫你。」

「咦，喔，好。你怎麼了？是不是再休息一下比較好？」

我豎起大拇指認真地這樣說，但他反而很認真地擔心我。

隔天。我們收拾好野外求生的東西，宿營活動順利結束。

收拾的時候，我去看了昨天戰鬥的地方，果然都已經清乾淨了。應該是水上家的術師來處理過吧。手法真是太厲害了。

「接下來說是要去溫泉！」

「溫泉？」

「學校包下當地的知名湯泉，要讓大家一起泡。」

相原同學和班長這樣說。我記得手冊上沒有說要泡溫泉……

「老師們說是站前辦公大樓主人的招待，只有今年才有。反正拒絕對方也很失禮，不如就帶大家一起去。」

「那就是包下露天溫泉囉？不知道有沒有男女混浴？」

「太下流了。」

「好下流。」

「噗呃！」

瀧川靠捕獲野豬提升的分數，現在已經拉低了。

話說回來，溫泉包場還真是不得了。必須感謝那個辦公大樓的主人。

『溫泉溫泉！』

『很遺憾，烏魯不能泡溫泉。』

『咦咦？』

『這很正常吧。』

這次烏魯幫了我很多忙，下次再帶大家一起去有個人湯屋的地方泡溫泉吧。

不過，個人湯屋要多少錢啊？之後再掂掂荷包好了。

溫泉很棒。好像是當地知名的溫泉，平常入場就要花不少錢。蒼司一副要過來幫我刷背的樣子，笑著靠過來，我不打算答應，所以慎重地拒絕了。當然，這座露天溫泉有非常氣派的隔間。

因為泡溫泉，所以巴士晚了兩個小時才回程。大家都在宿營活動中累積了疲勞，上了車便爆睡。班長他們應該是因為別的事情而疲勞吧。

「嗯？」

在離開旭川市前，我有種不可思議的感覺。覺得自己好像脫離了身體，感覺很奇妙。

「應該是錯覺吧。」

因為很快就復原了，所以我想那一定是錯覺。大概是太累了。我決定和大家一起補眠。

番外篇

番外篇1　烏魯是Vtuber

「呼哈……」

宿營活動隔天是彈性休假加週末的連假。

剛好我可以在家裡耍廢到極致。

我在客廳鋪床，一邊看電視一邊翻滾，一邊吃點心一邊翻滾，滾來滾去、滾來滾去……

「真是驚人的耍廢功力啊。」

「你就睜一隻眼閉一隻眼吧，這次是真的累到了……」

儘管身體的疲勞已經恢復，但心理上的疲勞還沒。如果走錯一步就真的死了。這可不是能輕鬆轉換心情的事。

還有，不知道為什麼我一直有種火燒心的感覺。雖然有慢慢變好，但很不舒服有點難過。

「小白和尼爾都查過了，沒什麼問題。果然還是因為壓力太大才會這樣。」

和黑洋裝對戰後，我覺得好像吞下一顆小石頭，但小白的聲波探測和尼爾靈力胃鏡檢查都沒發現異物。那應該是錯覺。這種不舒服的感覺，應該單純是因為壓力大。

「呼哈～」

「呼哈——」

就在我想著這件事的時候，鈴也在不知不覺中加入翻滾同盟。鈴，歡迎妳加入。歡迎歡迎。滾來滾去、滾來滾去……

「啊～」

話說回來，回頭想想這次對戰有很多地方需要反省。在看清對手的本領之前就亮出「神之小刀」，這一步就走錯了。

當時覺得應該會沒事，心裡終究是大意了。

要反省。一邊反省，一邊謳歌打勝仗的假日吧。洋芋片真好吃。

「話說回來，小白、尼爾、烏魯跑去哪了？」

「我看到他們進去二樓的房間。好像開心的樣子。」

「是在做什麼呢？有小白和尼爾在，應該不是在幹什麼壞事……真是令人在意。」

想偷看，但又覺得不太好。而且好麻煩。今天完全不想離開客廳。

「先放著不管，來看影片好了。最近Vtuber好像很受歡迎。」

「那是什麼？」

小黑好像也有興趣，盯著我操控的電腦畫面。

「這是誰製作的動畫嗎？」

「好像跟一般動畫不一樣喔。這是一般民眾製作的ＣＧ影片。有點像玩偶。」

「喔──還真是有趣。」

小黑意外對Vtuber很感興趣。

「最近受到老友的生存方式影響，我想自己也應該要重新調整生活方式，積極學習現世生活。」

聽小黑說，他好像和朋友久別重逢，看到妖怪朋友變成實業家之後，讓小黑心境有了許多變化。世界上也有這樣有趣的妖怪呢。

小黑對歷史和妖怪的事情很了解，不過年輕人的文化應該是我比較熟悉。他如果有興趣，我一定知無不言。當然，是以阿宅文化為主軸囉。

「加入木橘、金星果的法式草莓蛋糕，搭配イルフロントントゥ……」

我望向鈴，她正在盯著介紹用聽都沒聽過的食材創作個性料理的節目。看樣子對阿宅文化沒興趣。是說，那是什麼料理名稱？這我還有點興趣。

「『跳看看』是跳舞的影片嗎？」

「沒錯沒錯，做些什麼的影片很多人用『～看看』當作標題。喔，Vtuber也有跳舞的影片，真是應有盡有啊。」

我瀏覽了一下，拍攝品質很不錯。完全就是宣傳片等級啊。太專業了。

「嗯？這是……」

「小黑，怎麼了……咦！」

連結裡有其他Vtuber的跳舞影片縮圖，其中有個熟悉的身影。

「這不是烏魯嗎？」

「點閱次數超過十萬次！」

打開影片之後，發現那果然是烏魯。烏魯配合曲子又飛又跳。舞蹈不算出眾，但影片剪輯和選曲都很有品味，頗值得一看。

是說，烏魯原來是可以被攝影機拍到的啊？

「上傳者的名字是……『正牌精靈』，嗯，的確是這樣沒錯。」

看評論好像很受歡迎。

『最近CG動畫好厲害，做得像真的一樣！』

『這首曲名是什麼？』

『這影片剪接技巧太強，絕對是專家出手！』

總共只上傳了三支影片，但好像很受矚目。而且，大家都覺得烏魯是最新技術的ＣＧ動畫。

「這要怎麼處理呢……」

我想應該是尼爾負責攝影和剪接、小白選曲、烏魯企劃跟演出。

網路世界雖然可怕，但他們難得有興趣，我也不想反對。要是出了什麼問題，尼爾應該會想辦法解決。

比起這些，烏魯他們玩得開心更重要。

「好，我們就當作什麼都不知道，也沒看過這些影片，就這樣吧！」

「是啊。畢竟大家的興趣都不同啊。」

小黑似乎也和我有一樣的想法，所以接受了我的答案。

「興趣啊……」

從這天之後，小黑經常意味深長地叨唸「興趣……」。應該是想要擁有什麼興趣吧。不過這也不是輕鬆就能發現的東西啊。

嗯嗯，要是他對動畫或漫畫有興趣的話，就微笑歡迎他加入吧！

如果是這樣，就能邀霞同學三個人一起去安〇美特，感覺很好玩。可是這樣一來好像就必須把小黑介紹給霞同學了耶。咦？不過，霞同學應該已經聽蒼司說過我的事，那就也認識小黑了吧？

感覺好複雜。反正之後也打算和蒼司他們商量特異功能的事，到時候一併確認好了。

番外篇2　「寒熱」、「賦予」、「結合」

他擁有最早的記憶是白色房間和裡面的小孩們。

和自己差不多年紀的男孩女孩，坐在白色房間的白書桌前，學習各國語言和知識。

大家努力讀書、吃飯、睡覺。這樣重複的日子，是他從懂事後到五歲為止大部分的記憶。

「這孩子是今天要檢查的對象吧。」

「是的，契爾大人。麻煩您了。」

某天，出現一個和平常照顧他們的大人不同的人。

那個人一一觀察孩子們，對身旁的大人說了一些話。

「你是……溫度操控。不對，是吸收和釋放熱能的特異功能對吧。真有趣。把這孩子送到實驗室。」

「遵命。」

從這天開始，他離開白色房間，開始在擁有各種器材以及白衣研究員的設施生活。

「『寒熱』啊，這是很棒的特異功能。接下來把這個試劑結凍。」

「……我知道了。」

他自己不知道，操控熱能對研究領域來說是非常寶貴的特異功能。他每天對各種試劑或器材操控熱能，對研究很有貢獻。

醒著的時候幾乎都遵照命令幫忙研究工作，晚上回到單人房睡覺。這樣的日子過了兩年左右，他的特異功能成長到C等級。

「你從今天開始就在這一區生活。這裡住著很多特異功能者和組織的重要成員，不能在這裡胡鬧喔！」

「是。」

晉升等級C之後，他又到不同的地方生活。

一個看起來年紀比自己稍長的男孩，帶著他來到不同於一開始的白色房間和研究設施的「區域」，這裡的大人都穿著便服。這一區有很多餐飲店和娛樂設施，雖然在室內但感覺就像個城鎮一樣。

「你的房間在這裡。有工作時，負責人會來叫你。其他時間可以自由活動。」

「我知道了。自由……活動嗎？」
自由。
一直以來都聽從命令的他，不明白男孩說的話是什麼意思。
他不懂如何使用商店和享受娛樂的方式，所以過著和以前一樣單調的生活。
「從今天開始，隔壁房間會住進和你一樣有特殊特異功能的人，你們要好好相處。」
「……是。」
某天，隔壁房間出現同齡的兩名女孩。
這兩名女孩分別擁有紅髮和藍髮。聽說她們是用相同基因培育出來的雙胞胎姊妹，跟他一樣都是人工打造出來的特異功能者。
「你好！」
「你、你好……」
「妳們好。」
因為就住在隔壁，所以經常有機會見面，他們對話的機會也自然而然增加。
「你和我們一樣都是等級C對吧！」
「一樣，對吧。」

「嗯，沒錯。」

聊天的時候，他得知兩個女孩和自己一樣是等級C的特異功能者，聽從組織的命令幫忙做各種實驗。

「我會使用強化他人的特異功能喔！」

「我、我會使用……結合東西的特異功能。」

「我是操控溫度的特異功能。」

他們同齡而且又有同樣的成長經歷。一樣都有罕見的特異功能，也為組織效命。沒有花太多時間，擁有許多共通點的他們就變得很親近。

在那之後過了三年，三人十一歲的時候。

他們開始對外面的世界產生興趣。

「你聽我說啦——妹妹他最近都在跟我說外面世界的事。」

「可是外面的世界很厲害喔！」

「外面的世界？」

起因是藍髮女孩迷上娛樂用的動畫和漫畫。

「日本這個國家擁有動畫和漫畫的文化，作品都以日本的各個地點為背景喔。所以啊，這部作品……」

每天聽到這些內容，他們了解到外面的世界擁有這裡沒有的東西和場所，外面的世界非常的寬廣，寬廣到讓人覺得這個「區域」很渺小。

「我們哪天也能去外面的世界嗎……？」

「隸屬執行部隊的人好像已經去過了，我們只要繼續努力，組織一定也會帶我們去的！」

他和兩名女孩抱著相同的想法。

每天晚上他們都捨不得睡，不停討論著到外面的世界之後要做什麼、去哪裡，對外面的世界充滿憧憬。

「我有話要跟你說，麻煩你來一下好嗎？」

某天，帶他來到「區域」內的男孩出現在他眼前。男孩長大了，現在外表看起來像一名青少年。

「在這裡的話不會有人發現，應該可以說出來了。」

少年帶他來到「區域」內的倉庫。進到倉庫內後，發現住在隔壁的兩名女孩也在場。除此之外，還有一名沒見過的女孩，漫不經心地坐在地上擺弄螢幕的電線。

「由伊，我帶他來了。」

「托瑞好慢！」

他此時才知道，少年的名字叫做托瑞。同時，他也對擁有名字這件事感到驚訝。成年的組織成員擁有名字，但未成年的組織成員不見得有名字。

差別在於特異功能的強弱。

擁有等級B以上的特異功能，被組織認定為重要戰力的人，才能從小就擁有名字。他們沒有名字，所以在組織內用「寒熱」、「賦予」、「結合」稱呼。

「那就趕快說吧。我們沒什麼時間。」

名叫由伊的女孩和名叫托瑞的少年，打開螢幕畫面淡然地開始說明。以他們自己的經驗，說明組織至今的行動……

「就像我剛才說的，組織發展的技術救了很多人，但也有很多人因此喪生。很多企業或個人也做了類似的事情，所以我並不是因為這樣就批評組織。不過，今後要做的事情就不一樣了。」

組織的計畫是融合人類和「神力」這種超常能量，讓人類昇華到神的境界。而且透過超越人類的存在來支配世界。托瑞和由伊得知，這就是組織的最終目的。

「馮恩是組織領導人之一，我擔任他的護衛，親耳從他口中聽到這個消息，所以一定沒錯。」

「但是，超越人類的存在支配世界，不好嗎？」

紅髮少女對托瑞提出疑問。

「這個嘛。好人支配世界的話，或許不是壞事。但是，馮恩就不一樣了。他打算脫離其他組織領導人，單獨成為超越人類的存在，完全是為了個人私慾而支配世界。」

托瑞簡單地描述他過去見到的馮恩的惡行。

「那個……為什麼要告訴我們這些事情？」

藍髮少女繼續對托瑞提問。

「那是因為這個計畫沒有你們就無法成功。熱能是能量。操控熱能的『寒熱』，如果等級提升的話甚至可能操控『神力』。紅髮妹妹的『賦予』可以預先強化身體，再用藍髮妹妹的『結合』把『神力』融合至人體。一眨眼就造出一尊神啦！就是這樣。」

由伊代替托瑞回答。

托瑞補充說明，組織讓他們搬到「區域」內居住，是因為自由的環境可以促進特異功能成長，讓他和女孩們比鄰而居，也是為了隨時可能執行的計畫，提前加深三人之間的連結。

「我想應該會在你們的特異功能都晉升的等級B的時候，執行這個計畫。」

托瑞最後下了這樣的結論。

「雖然有很多原因，不過我們覺得組織的做法很煩——所以，打算逃離這裡。」

「我希望你們聽完這些話，自己作決定。要和我們一起逃出組織，還是要繼續留在這裡？當然，我不會因為你們決定要留在這裡，對你們做什麼。到時候，我會用別的方法阻止馮恩。」

聽完由伊和托瑞的話，三人面對面點了點頭。他們已經下定決心了。

「我們也一起走。我們想看看外面的世界。」

他代表三個人回答。

「好，一起走吧。」

托瑞透過「感知」能力知道他沒有說謊，便把逃離組織的計畫全盤托出。

在那之後一年。十二歲的他們逃離了組織。

「那裡就是我們以前生活的世界啊。」

紅髮少女看著遠方的巨大人工島這樣喃喃自語。

他們從小生活的組織總部，原來是太平洋上的人工島。

「是啊。那個島就是我們以前所知的世界。」

現在他們搭乘自動控制的逃生艇，默默地在海上前進。

「好美喔。」

「嗯……」

「是啊。」

無雲的夜空。美麗的月光。有生以來第一次見到的光景，讓他們湧現淚水。

「我以前都不知道……外面的世界這麼美。」

「以後一定還會有更多新發現！我們要去的地方就是以前很嚮往的日本啊！」

「為了躲開追兵，必須暫時低調。在那之前，我們一到日本就要和由伊姊聯絡才行，還要移動到人多的地方。我們有很多事要做。」

暫且不管沉浸在感動中的兩姊妹，他一邊擦眼淚一邊擬定今後的計畫。

托瑞和由伊當誘餌引走了追兵，所以現在沒有和他們在一起。雖然抵達日本之後有大略的指示，但行動細節必須由他們自己判斷。

「為了托瑞哥和由伊姊，我們絕對不能被抓到。」

為防止組織進行計畫，托瑞和由伊不惜讓自己暴露在危險中，讓他們三人逃走，不被抓到才能報恩。而且，他也不能讓從小就親近的兩姊妹有任何危險。

「我一定會保護妳們，」

因為這樣，他在心中產生了強烈的使命感，認為自己一定要守護這對姊妹。

「那我們先來取名字吧！由伊姊也說，聯絡她之前先想好名字。」

「嗯，沒錯……我也想像普通人一樣，有個名字。」

在組織中都用特異功能的名稱來稱呼他們，所以他們對擁有名字充滿嚮往。

「擁有相同血脈的家人會用一樣的姓氏，我們最好用同一個姓。」

「我想要有月字的姓氏。」

「月字，很好！那名字就用看到月亮的時候有什麼印象來取好了。你呢？」

「我想要取一個可以聯想到火和冰的名字。為了不忘記自己曾經在組織內生活過，我想要這種名字。」

在那之後過了兩天，他們抵達根室港。為了擾亂追兵，他們重新設定到其他國家的路線，讓船隻再度出航。

之後，再用事前拿到的手機和由伊聯絡，取得日本國籍。帶著身上的現金前往札幌，到由伊準備的學校辦理入學手續。

「札幌人很多，應該不會那麼容易被找到。」

「對啊。雖然東京人更多，但組織的執行部隊經常潛伏在各國首都。總之，學生時代還是在這裡度過比較好。」

「雖然很怕追兵會來……但是好期待校園生活喔。」

「對啊。」
「是啊。」
就這樣，他們懷抱著對新生活的不安與期待，展開新的人生。

✦✦✦

他們從組織逃出來經過三年之後。
「終於找到了。是這艘船吧。」
他們逃亡那天，為擾亂追兵放出航向各國的二百一十七艘自動逃生艇被全數回收，契爾用「感知」特異功能調查後，發現其中一艘不同於偽裝的船隻，有生活過的痕跡。
「這艘船留有經過日本再轉向其他港口的紀錄。」
「會不會是暫時在日本休息？畢竟搭船很無聊啊！」
契爾用「感知」特異功能調查船內，她身邊的「強化」特異功能者迪耶斯說。
「這不可能。從生活痕跡來看，他們只在船上待了兩天。考量船速，他們一定在日本下船了。」

「喔喔，名偵探耶。」

聽到契爾的推理，迪耶斯非常感動。

「搜索、回收、調查分散到各地的逃生艇，已經花太多時間了。趕快把『寒熱』、『賦予』、『結合』抓回來吧。」

「終於輪到我出場啦，哎呀，等好久啦。」

「我先說清楚，這次為保萬全，會派一名等級A和兩名等級B出動。而且會設臨時據點，出動大量間諜和等級C以下的特異功能者。」

「咦咦？為了抓三個等級C派這麼多人，會不會太過火了啊？這樣我就沒有出場的機會了啊。」

「表示他們的存在對組織來說就是有這麼重要。的確，我也覺得太過火了。」

契爾想像這次逮捕任務投入的戰力，一副遊刃有餘的樣子默默低語。

「知道地點之後我先去抓人，速速把他們帶回來。」

「是啊，就靠你了。」

契爾指示部下前往北海道，找出他們的潛伏地點。

大約一個月之後，組織發現他們潛伏在札幌，決定作戰卻以失敗告終……但這個時候，他們三人都還不知情。

番外篇3　水上潤葉安穩的日常

水上潤葉的清晨很早就開始。

「糟了。蒂妮！『水之牆』！」

「太天真了。水、彈、擊，『水連彈』。」

潤葉釋放的水彈閃過水牆，直擊潤奈的影子。

「哇——我又輸了。」

「潤奈太依靠術式的威力和數量了。不過，妳已經比以前更懂得操控靈力了。」

「真的嗎？太好了！」

現在兩人進行的是避免傷害對方、只攻擊影子的「襲影」戰法。這是能確保彼此的安全又能全力練習術式的術師訓練模式之一。

早上六點。每天早上在水上家本家的寺院內，和潤奈一起訓練術式已經是潤葉每天的功課。

「接下來換跟我交手吧。」

這樣的早晨中，和水上家締結同盟的英國魔術組織「黃昏黎明協會」成員阿烏爾也在場。

從英國到日本留學的阿烏爾借住在寺院境內的別邸，所以也一定會參加每天早上的訓練。

「糟、糟了。格蘭、桑德……」

「太慢了。『水槍』。」

潤葉找到一瞬間的空隙，在不必唸咒的情況下發動水槍貫穿阿烏爾的影子。

「我又輸了。」

「姊姊太強了。」

「我還差得遠呢。還有很多人比我更強。」

五代陰陽一族的各家主。火野山家的氣炎三鶴城。還有，比過去遇到的任何術師都要強大的存在——結城幸助。想到他，潤葉便這樣回答。

（結城同學……到底是什麼人啊？）

不只神前對決，聽潤奈和阿烏爾描述在大通公園的戰鬥以及和爆走的艾歐對戰，潤葉不禁在心裡這樣嘀咕。

原本需要好幾個上級術師才能展開的「三重結界」，孤身一人就能施展，還擁有好幾張由國家管理的「替身符」。除此之外，擁有瞬間剝奪阿烏爾「黃金巨兵」操控權的靈力操縱技術，還能驅動連文獻上都沒見過的未知術式。

幸助的存在，不知不覺中變成潤葉的目標了。

「好，差不多該準備上學了。我們要遲到了。」

「好──」

「好的！」

在水上家術師與妖怪的目送之下離開家門，徒步加轉乘地鐵約二十分鐘，她們早上八點抵達學校。

潤葉在校門和國中部的潤奈、阿烏爾分開，自己一個人前往高中部的校舍。和平常一樣，無風無浪的日常。

「水上同學，可以打擾一下嗎？」

「好，可以啊。」

進入校舍正在換室內鞋的時候，一名少年叫住潤葉。

（這個人好像是……三年級的學長，足球隊的隊長吧？之前他好像跟我搭過好幾次話。）

潤葉憑著些微的記憶，想起眼前這位少年的事情。

他長得又高又帥，身為足球隊長成績又很優秀。因為學長的身分崇高又有話題性，不只高中部，連國中部的女孩們都經常聊到他，算是學校裡的名人。不過，潤葉對這些事沒興趣，所以只知道他是「有講過話的學長」。

「妳能跟我來一下嗎？我有話想對妳說。」

「我知道了。」

潤葉跟著學長走到沒什麼人的樓梯間。

（符咒張數充足。雖然早上訓練的時候消耗了一些，不過靈力量沒問題。如果有什麼萬一，直接從樓梯間的窗戶跳出去逃走就好。）

對方帶她到沒人的樓梯間。有可能是其他組織或什麼妖怪的策略，潤葉冷靜思考萬一可能需要戰鬥的應對之策。

「水上同學，我從以前就喜歡妳了。請和我交往！」

「……對不起。我現在沒有想要談戀愛。」

學長一臉「不是吧……」的樣子整個人都凍結了，但潤葉心裡正在想完全不相干的事情。

（太好了。不是陷阱，只是一般的告白。）

解除警戒之後，潤葉微微點個頭。

「那我先走了。」

入學後被告白過幾次，潤葉像往常一樣拒絕便走回教室。

不介意他人的外表、個性，對每位同學一視同仁，只要有人有困難就會幫忙。而且人超美，成績也很優秀。

這樣的潤葉在學校的集體生活中，當然很受歡迎。

潤葉自幼就和各種妖怪以及獨具個性的術師們一起生活，學會在戰鬥中彼此幫助的重要性，對她來說自己只是在做理所當然的事情。然而，有很多不知道她心意的男學生，誤以為「她對我有意思」。

因此，從小學到現在被告白過無數次。不只男學生，連部分女學生也認真對她示好。在這樣的狀況下，潤葉的價值觀漸漸扭曲，認為「愛的告白」這齣青春大戲只是平凡日常的其中一頁。

「喜歡……嗎。」

看過許多說出愛的告白後受傷的人，潤葉對自己無法理解「喜歡」這種感情充滿罪惡感。

喜歡朋友、喜歡閨蜜、喜歡家人。她認為這就是「喜歡」。但是，她不明白這和戀人之間的喜歡有什麼不同。

話雖如此，也不能隨便和別人交往。因為和水上家下一任家主交往，可能需要背負相對的責任和覺悟。

「喜歡、喜歡……」

「潤葉早安。妳怎麼了？怎麼一大早就在嘀咕喜歡什麼的？」

潤葉在自己的座位上撐著臉頰喃喃自語，閨蜜相原榮華朝她走過來。

「沒什麼啦。比起這個，小相今天精神很好耶。有什麼好事嗎？」

「有啊！之前瀧川推薦了這雙戶外鞋，我馬上去買來穿，超舒服的，跑步快很多耶。」

之後話題就變成宿營活動時瀧川展現的戶外活動技術，相原一大早就興奮不已。

（小相和瀧川同學很合得來呢。男女之間的友情，好青春！真好耶——）

完全沒發現好友相原心中萌生的情感，在心裡冒出完全不相干的感想。

畢竟連相原自己也無法察覺自己的心意，那也是沒辦法的事，不過遲鈍女子二人組仍然繼續大聊宿營活動的事情。

「小相，我可以問妳一個有點奇怪的問題嗎？」

「嗯？好啊，怎麼了？」

「小相喜歡瀧川同學嗎？」

早上班會前，潤葉不經意的一句話，讓教室的空氣瞬間凝結。

校內兩大美女的對話，讓教室裡所有學生都側耳傾聽。

「嗯……要說喜不喜歡，應該是喜歡吧。我、我們是朋友啊！」

相原紅著臉回答的反應，讓現場更加凍結。

對相原有好感的男學生咬牙切齒，相原的女粉絲全都趴在桌上動彈不得。

「呼——果然，青春就是要呼朋引伴一起小便啊。」

「不要這麼堂堂正正地說這種下流話。其他人會不舒服的。」

「奇怪？教室裡好安靜。」

從廁所回來的瀧川、石田、幸助發現教室裡的異樣，但因為馬上就開始班會，所以他們沒有特別在意，各自回到自己的座位。

有段時間瀧川不明就裡地受到相原粉絲發出的蒸騰殺氣，但他擅自解釋是因為他說出呼朋引伴去小便的言論，所以暫時停止下流的發言。

（喜歡、喜歡嗎……）

班會之後。周遭因為剛才的事情而一陣騷動，但潤葉依然沉浸在自己的思考中。

身為水上家長女再加上精緻的長相，無論是私底下或在學校都經常有人對她充滿好奇，但潤葉有時會完全無視於周遭的氛圍，做出不分場合的出格行為。

這是她為保護自己不受他人眼光形成的壓力影響，自然而然養成的習慣。雖然對這一點有所自覺但很難改掉，也是潤葉的煩惱之一。然而，很多人喜歡她這樣脫線的發言和行動，所以這也變成潤葉人氣居高不下的原因。

也是因為她這樣的習慣，才會為了了解幸助把他邀到中庭、加入幸助的小組。

（我喜歡小相，也喜歡潤奈、阿烏爾和爸爸。）

第一節、第二節、第三節、第四節……她只專心聽自己不懂的地方，其他時間都在思考「喜歡」的意義。

（家裡的每個術師、妖怪、貓神大人我也喜歡，還有結城同學我也喜……）

這時候潤葉第一次停止思考。

想到後面沒說完的話，潤葉覺得有點害羞。

「奇怪……？」

潤葉疑惑地望向在教室另一頭聽課的幸助。

（結城同學也……）

想到後面要說的話，就覺得害羞到無法思考。若親眼看到就沒辦法再多想了。

（怎麼回事？覺得有點害羞，好不可思議的感覺。）

想來想去，還是不知道為什麼。原本覺得理所當然的詞彙，不知道為什麼會覺得害羞。

（一定是因為結城同學是特別的存在……吧？）

對第一次出現的無法理解的感受，潤葉充滿疑惑。

（話說回來，結城同學為什麼要幫助我們？神前對決和這次英國魔術師的事情，他都出手幫忙。明明一個不小心，就可能會死……）

疑問變成好奇，不知道從什麼時候開始，潤葉滿腦子都在想幸助的事情。

「這還是第一次對一個人這麼好奇呢……」

「潤葉啊，妳在發什麼呆。已經放學了耶。」

聽到相原的聲音，潤葉環視周遭才驚訝地發現放學前的班會已經結束。這是她第一次陷入沉思，連周遭發生什麼事都不知道。

「還有，潤葉有人找妳。人家從剛才就一直在走廊等妳喔。」

「有人找我？」

往走廊看過去，發現早上向她告白的學長就在那裡。

「水上同學，可以打擾一下嗎？」

「好。」

（什麼事呢？又要告白了嗎？）

如潤葉所想，被叫出來的原因是第二次告白。

對方就像不曾告白過一樣，在相同的地點說出相同的告白內容，潤葉也像早上那樣回絕了。

「那我先走了。」

「等、等一下！」

對著像早上一樣，微微點個頭就要離開的潤葉，學長說出和早上不同的話。

「為什麼不能和我交往？妳有其他在意的人了嗎？」

「在意的人嗎？」

對方這麼說，潤葉心裡只出現一個人。

就是剛才一直在想的那個人。那個人是自己的目標，也是恩人，還是讓自己充滿好奇的人。

「是，的確有一個。」

潤葉臉頰微紅，笑著這樣回答。

之後，地下組織得知這位帥哥學長交友關係混亂，組織中的其中一員強行帶走鍥而不捨打算告白第三次的學長並且對他進行心靈教育，不過那又是另一個故事了。

迎來新夥伴的預感

「『玩具』！」

我對吸塵器、抹布、掃把、畚斗發動「玩具」，製作打掃用的幾個人偶。

「好，吸塵器負責一樓，掃把、畚箕負責清理二樓的垃圾。抹布們一半濕擦，剩下的負責乾擦。徹底擦拭地板和家具吧！GO！」

人偶們聽從我的命令衝進家裡。「玩具」還是個真方便的特異功能。

「好了……我臉上有什麼嗎？」

「不，什麼都沒有啊。」

「嘎——」

「臉上沒有髒東西。」

「這樣啊。那為什麼一直看著我？」

因為班長家和蒼司他們說下次有時間想多聊聊，我想可能會約在這裡，所以提前打掃……不過，小黑、小白、尼爾一直盯著我看。

「有件很令人在意的事。」

「在意的事？」

「嗯。之前我也說過，我在你身上完全感受不到靈力。但是，你還是能順利使用術式。我和小白、尼爾討論過了。結論是你擁有的說不定是有別於靈力的未知力量。」

聽他這樣說，好像是因為我可能擁有靈力以外的神奇能量，所以才一直觀察我。

「其實，我從以前就隱約感受到你身上的力量。之前和那個擁有變身能力的人對打之後，這個感覺變得更強烈。小白和尼爾也是從以前就有感受到。」

「嘎嘎——嘎！」

「我沒有像小黑先生那樣強烈，但有一點感覺。」

原來如此，我自己完全沒感覺，不過小黑他們都有感覺的話，應該就是和靈力不同的力量吧。

至今都能順利使用術式和特異功能，所以我也沒特別在意，不過看來這是很重要的問題呢。

「我剛才觀察你使用『玩具』特異功能的瞬間，感覺像是把未知的力量轉換成靈力。也就是說，那是應該類似靈力或生命力之類的力量……不過我能知道的就僅此而已。」

「是這樣啊。謝謝你幫我調查。本來應該是我自己要好好查一查的，但我完全沒放在心上。」

因為發生太多事，我也沒什麼餘裕想到自己。得好好反省。

「小黑你們是妖怪、式神、機器人、精靈，是非常不可思議的存在，但冷靜想想，我好想也是非常不可思議的存在呢。」

應該是說，我搞不好才是最不可思議的。

除了不是靈力也不是魔力的神奇能量以外，在神手下死而復生的肉體也充滿謎團。

神仙爺爺說完「我會強化你的身體能力，也提升一下你的技能學習能力」之後，還接著說「再送你一點我的能力。你應該會慢慢知道怎麼用」。

也就是說，「學習能力」是強化我自己原有的力量，而神賜予的能力又是另一回事。

「學習能力」太強大，導致我一直都忘了這一點。

「雖然已經晚了一步，但還是要有自覺才行。我自己才是最奇幻的存在。」

「我同意。老身活了這麼久，還沒見過像你這麼不可思議的存在……不對，好像有一個。」

「咦？有嗎？」

「嗯……想不起來了。可能是想太多了。」

原來是想太多啊。既然這樣就沒辦法了，世界這麼大，其他人和我有一樣經歷也沒什麼好奇怪的。畢竟照神仙爺爺的說法，世界上還有很多其他的神明。

「也罷。現在想也找不到答案，我覺得總有一天會解開神秘能量的謎團。」

「說得也是，反正也不是危及性命的事。就慢慢觀察吧。」

「嘎——嘎。」

「是啊。」

「咦，觀察？」

結果，小黑、小白、尼爾整天都一直盯著我。

大家比我對神秘力量的真面目更感興趣。

「可以的話，我希望你們可以幫忙打掃……」

「喔，抱歉。老身也來幫忙。」

「嘎嘎——嘎！」

「了解。那打掃專用機器人請借我一下。」

一直盯著我看也沒關係，正好順勢讓他們幫忙打掃。

小白拿著牙刷，利用振動快速刷除流理台排水口和瓦斯爐的頑垢。尼爾連結打掃機器人，有效率地打掃家裡。比我下命令時打掃得更仔細又更快。小黑則是負責支援小白和尼爾。有時用貓尾巴靈巧地拿起小東西，有時又回到獅子形態，輕輕鬆鬆舉起大型家電。

大家都好厲害，好像只有我在偷懶。

順帶一提，不喜歡打掃的鈴和烏魯，拿散步當藉口逃走了。她們大概是跑去附近的公園或隔壁的伊佐婆婆家玩了吧。

「嗯？」

「小黑，怎麼了？」

小黑突然看著二樓深處，停止動作。咦，什麼？好恐怖……

「以前我就一直很在意，二樓最裡面的儲藏室有個奇妙的氣息。那個氣息跟你很像，但仔細觀察又不一樣……總之，有某種東西的氣息就對了。」

「某種東西的氣息？」

二樓的儲藏室經常打開，所以不太可能有人躲在那裡。

「為防萬一，等一下來確認看看。」

「我沒進去過，裡面放了什麼？」

「沒什麼，都是平常沒在用的家具或家電。還有爺爺的骨董收藏品吧。」

有壺、掛軸、日本刀之類的？其他好像還有……

「……啊！」

「嗯？怎麼了嗎？」

我想起來了！倉庫裡面有很重要的東西。某個東西的氣息說不定就是那個。

「那個儲藏室有……嗯？」

「剛才有細微的聲音。」

「儲藏室裡傳來可疑的聲音。」

「嘎嘎——嘎！」

尼爾和小白發現異常，紛紛趕過來。

「那完全是個盲點啊。一般來說，那種東西應該沒有什麼特別的力量才對。」

「嗯？那種東西是指什麼？」

儲藏室裡的重要物品就是……神仙爺爺的信。

後記

各位好久不見。我是作者碳酸。因為有各位支持這部作品，才能順利發售第二集。不僅如此，漫畫版也開始連載了！真的非常感謝大家！

我想對一直讀到後記的讀者們說個小故事。

主題是作者的撰稿工具。我不是用紙或電腦，而是用手機的筆記功能寫下每天的稿子。出版成書的過程中，有些手機無法操作的地方，所以偶爾也會用電腦，但平常撰稿和在網頁上投稿都是用手機。

我當然有電腦，雖然不會盲打，但打字還是比用手機快。即便如此，我還是選擇用手機撰稿，而且是用手機的筆記功能。

原因很簡單。因為手機「不管在哪裡都可以寫稿」。無論是賴在被窩裡還是在泡澡，只要用手機寫稿就不用在意姿勢或地點。

想成為小說家，可是又沒有電腦……因此覺得困擾的你！也是有作家用手機寫稿的啊！就算沒有高性能電腦或鍵盤，只要有手機就能寫。

但是，還不習慣的時候也會因為操作錯誤而刪掉全文，所以看完這篇後記想用手機寫稿的朋友請多加留意。我自己在網頁上投稿時，也經常因為操作錯誤導致原稿消失。那種時候的絕望感非常可怕。

好的，小故事就說到這裡，接下來請讓我致上謝意。

夕薙老師。感謝您這次也畫出超越作者想像的精采插圖。我總是想像著夕薙老師描繪的角色寫故事。

還有因為我寫稿太慢造成諸多困擾，但仍然盡力完成第二集發售任務的I先生。PASH！編輯部的山口先生。協助書籍化的相關人員。真的很謝謝你們！深深感謝大家沒有放棄我這個慢吞吞的作家，讓我出版了續集。

還有負責畫漫畫版的航島先生。您精采的架構和繪畫能力，讓我每次確認都大受感動。今後也請您多多指教！

最後，這部作品之所以能出版第二集並漫畫化，都是託各位讀者的福。請讓我對讀者們致上深深謝意。真的非常感謝大家！

期待能夠再和各位相見。再會！

二〇一九年八月吉日　**碳酸**

國家圖書館出版品預行編目資料

異世界轉生…才怪！2 / 碳酸著；涂紋凰譯. -- 初版. -- 臺北市：皇冠, 2020.11　面；公分. --（皇冠叢書；第4893種)(YA!；65)
譯自：異世界転生…されてねぇ！2

ISBN 978-957-33-3614-3（平裝）

861.596　　109015225

皇冠叢書第4893種

YA！065

異世界轉生…才怪！2

異世界転生…されてねぇ！2

作　　者—碳酸
譯　　者—涂紋凰
發 行 人—平雲
出版發行—皇冠文化出版有限公司
台北市敦化北路120巷50號
電話◎02-27168888
郵撥帳號◎15261516號
皇冠出版社(香港)有限公司
香港上環文咸東街50號寶恒商業中心
23樓2301-3室
電話◎2529-1778　傳真◎2527-0904
總 編 輯—許婷婷
責任編輯—蔡維鋼
美術設計—嚴昱琳
著作完成日期—2019年
初版一刷日期—2020年11月

讀者服務傳真專線◎02-27150507
電腦編號◎515065
ISBN◎978-957-33-3614-3
Printed in Taiwan
本書定價◎新台幣280元/港幣93元